Cruels, 13

DU MÊME AUTEUR

Voyage sur la ligne d'horizon, *roman, Gallimard, 1988, et Folio, n° 3178*

Liverpool marée haute, *roman, Gallimard, 1991*

Furies, *roman, Gallimard, 1995*

Mille six cents ventres, *roman, Fayard, 1998, prix Goncourt des lycéens, et Folio, n° 3339*

Les Indiens, *roman, Stock, 2001, et Folio, n° 3877*

Les Invisibles, *12 récits sur l'art contemporain, Éditions du Regard, 2002*

Notes pour une poétique du roman, *Inventaire/Invention, 2002*

11 septembre mon amour, *Stock, 2003, et Livre de Poche, n° 30389*

La Fin des paysages, *roman, Stock, 2006, et Folio, n° 4660*

Luc Lang

Cruels, 13

Stock

ISBN 978-2-234-06094-4

Pour Alice

Beaucoup moins d'appuis que l'on puisse
indiquer et où baser l'athlétisme de l'âme.
Le secret est d'exacerber ces appuis comme
une musculature que l'on écorche.
Le reste est achevé par des cris.

Antonin Artaud

Une précédente version de « Initiation » a paru dans *As you were saying* (Dalkey Archive, New York, 2007).

1

Haut-bas-fragile

Avouez que c'est malcommode ces cartons… on ne pourrait pas les ranger ?… tiens ! la cave ! non, elle est déjà pleine, des cartons de literie, d'affaires, d'objets, partout ! elle accède avec peine à la chaudière… et le grenier ? des fuites, des fuites d'eau, ça va tout abîmer ! non, il n'y a plus de place… Reste le garage au bord de la ruine, mais elle tient à y garer sa voiture, n'insiste pas, zigzague parmi les empilements de cartons jusqu'aux toilettes, impossible de s'y rendre discrètement… c'est vrai que j'hésite à utiliser les toilettes lors d'une courte visite, ça se remarque, mais il fait une chaleur lourde, j'ai bu quasi un litre d'eau avant d'arriver, n'y tiens plus, pardonnez-moi, deux minutes… Me revoici, dispos, Antoinette se lève péniblement de son fauteuil, ses cheveux de neige sont impeccablement coiffés, elle porte un joli ensemble vert et rouge en damier, a mis boucles d'oreilles, collier, bagues... elle veut préparer une tisane, un thé ? enfin, quelque chose de chaud, elle frissonne, en plein été... Oh, je ne la vois plus ! à part pour le chien... ça vous étonne ? je sais, Antoinette, je sais... c'est simple, ne suis tenue au courant de rien ! N'ignore pas que « rien » c'est la vie de sa fille et du gendre, mais plus douloureusement de sa petite-fille. Une espèce de litanie toutes les dix minutes. La prie de rester assise, m'occupe de faire le thé... Attendez ! regardez ça... vous la voyez, là, sur la photo ? dans son tablier d'écolière, sa frimousse souriante, ses yeux étonnés derrière ses lunettes... à l'époque, les montures étaient laides pour les enfants. Ah ! ma petite-fille, ses beaux cheveux déjà... ses parents bûchaient dur, ma fille dans un laboratoire et le gendre à ses études... n'avaient pas le temps, j'allais chercher Alix à l'école, son dîner, son bain, sa lecture le soir... des histoires de prince charmant qu'elle réclamait toujours... je sais, Antoinette, pelotonnée dans vos bras, vos « bras tièdes », Alix disait... je l'ai en partie élevée, cette enfant, vous savez bien ?... oui... non, restez assise, vous ai dit, m'occupe du thé. Me faufile cette fois vers la cuisine, allume le feu sous une casserole d'eau au manche en bakélite noire, fendue, brûlée, débusque dans le placard d'épicerie, parmi des pots de confitures cristallisées et des boîtes de conserve, quelques sachets de Lipton éventés, en poussière lyophilisée, autant de traces de thé que de foyers d'acariens, vite ! dans l'eau bouillante, teinture d'eau inodore... plateau, boîte de sucre plastique-bicolore-couvercle-basculant, petites cuillères, tasses marronnasses, ah ! elle veut que je sorte les spéculos de croustillants devenus caoutchouc, arrive avec le plateau, zigzags, mouvement des hanches, hop, hop, accroche le pied droit dans un énorme sac rempli de tennis et baskets toutes marques, toutes couleurs, quinze à dix-huit paires, du 40, je sais pour la taille... manque de culbuter contre une chaise, évite le dossier, juste ! le thé fumant s'est répandu sur le plateau, me brûle les doigts, défait les molécules pâtissières des petits gâteaux devenus pâte brune, pose mon chargement en catastrophe sur la table de salle à manger, ouille ! ouille ! les pouces en feu !... avouez que c'est malcommode ! Antoinette sourit... imaginez que ce soit vous ? un pied dans le sac, un genou contre un carton ? et, bim boum ! chute-brûlure et désastre !

Des cartons de vêtements, chaussures, coupons d'étoffe, stock de tissus récupérés dans les fins de marché, kimonos, saris, manteaux de fourrure, d'aviateur... mais c'est un entrepôt ! votre petite-fille monte un entrepôt ? Non, les cartons à la cave c'est seulement sa fille et le gendre, n'ont pas de place chez eux. En revanche, ici, les cartons, c'est sa petite-fille, nuance ! une garde-robe sans fin, c'est trop exigu chez elle... Il faudra bien un jour ranger cette maison ! oui, quand ce sera fini... mais qu'est-ce qui sera fini ? Elle a un haussement d'épaules, un geste de la main comme si elle chassait une mouche devant son visage. Elle souhaitait que je vienne récupérer des cartons justement, préparés à mon intention, remplis de doubles rideaux et d'une couette, dont je ne sais que faire sinon les déposer chez Emmaüs. C'est une obsession, elle m'a téléphoné tous les trois jours jusqu'à ce que j'accepte de passer... comme si elle voulait me remettre son testament. Antoinette ne dort plus dans sa chambre, à l'unique étage, depuis quatre mois, les W-C sont au rez-de-chaussée, alors le lit de même, dans la salle à manger. Des problèmes d'intestins de plus en plus « envahissants »... alors quand je me réveille en pleine nuit, le ventre en douleur et dérangement, n'ai pas le temps de descendre l'escalier... Alix lui a rétorqué, sur un ton qui se voulait rassurant : ce doit être ton cancer, celui qui te cause le ganglion dans le cou... rien que de très normal finalement. Mais... je ne la vois plus, vous savez ? ne suis tenue au courant de rien, c'est simple ! ils passent en coup de vent, ensemble ou séparément : fille, gendre et petite-fille, déplacent des cartons, prennent des affaires, rapportent d'autres cartons, un va-et-vient furtif de manutention : stockage-déstockage. Et-c'est-tout ! que voulez-vous ? à présent, mes comptes sont vides... à sec ! alors, Alix fréquente plus volontiers sa tante qui a des sous, c'est elle maintenant qui lui paie ses voyages lointains, son scooter, ses arriérés de loyer, moi, je ne peux plus... ça vous étonne ?

On boit l'eau colorée à petites gorgées, on mastique des spéculos échappés de l'inondation, le soleil entre à flots par les fenêtres, une lumière violente et trouble tamisée par les carreaux sales. La salle à manger sent l'humidité, le liquide brûlant nous chauffe, nos fronts perlent de sueur. La seule chance qu'elle croit tenir, la seule ! telle une colombe entre ses deux mains blanches d'habile couturière qui, des années durant, ont dessiné, façonné, cousu : robes, jupes, pantalons, manteaux d'Alix, oui, sa seule chance, c'est le passage de sa petite-fille le dimanche... qui lui laisse sa chienne à garder parce qu'elle travaille jusqu'au jeudi, sa maison et jardin paraissant comme la plus simple des solutions pour caser l'animal. Ainsi l'aperçoit-elle deux fois par semaine, oh ! Alix ne reste pas, vous savez bien ! toujours pressée, des amis à droite à gauche... je vous répète, ne suis tenue au courant de rien... oui, Antoinette répète inlassablement... quoi ? sa mise en souffrance, son dépôt entre deux intervalles : de dimanche à jeudi, de jeudi à dimanche... Elle me tend sa tasse, lui ressers du thé, c'est comme si le liquide ne réchauffait que son épiderme, les os demeurent froids, un inexorable refroidissement, juste un embrasement spasmodique, parfois, à la base du cou, sous l'oreille droite, lorsque gonfle démesurément son ganglion. En quelques mois, son chez-elle s'est rétréci du mouvement réduit de son corps. Se traîne péniblement à l'étage jusqu'à la salle de bains, sinon les deux chambres, la sienne et celle d'Alix où nous avons longtemps dormi, sont déjà abandonnées à leur fonction d'entrepôt. Ce ne sont pas les rats qui pullulent, ce sont les malles, boîtes, caisses, cartons, sacs de sa descendance encombrée, sa maison devenue une vaste consigne, elle-même incarnant la mise générale en dépôt, jusqu'au déstockage final, elle, dans une boîte, tout à fait refroidie. Ce qui la réjouit, en ultime pied de nez : quand ce sera fini, tous ces cartons qu'ils vont devoir déménager ! une vie de manutention en somme pour velléitaires errants... Une sensation d'étouffement m'écrase la poitrine... ses frissons qui l'agitent... dites, Antoinette, il fait si chaud dehors, laissez entrer le soleil, vous grelottez. Mais à quoi je pense ! sortons, Antoinette, un chapeau sur la tête, on s'installe sur des transats dans votre beau jardin, la pelouse en tapis, les buissons de fleurs... oh, non, Lucas ! c'est trop dévasté... comment ça ? me lève, ouvre grande la fenêtre, la salle à manger soudain, inondée de lumière dorée dans l'été flamboyant. M'accoude à la barre d'appui, scrute les 50 m^2 de pelouse laissée brutalement à l'abandon, ce que je n'avais pas remarqué en entrant par la cour... en effet, ici et là, le gazon est maculé de larges flaques d'herbe jaunie avec au centre, pour cœur vénéneux, des étrons canins plus ou moins épais, liquides, secs, qui infiltrent le sol. Et au pied des buissons assoiffés, aux fleurs rares, des trous profonds et des monticules de terre retournée. Ainsi, le jardin aussi... détourné en lieu d'aisances pour chien en dépôt. Antoinette a raison, ça sent la fin, une odeur de carton moite, de pâte à papier et de colle tièdes, et des relents de merde qui exhalent en terre sous le soleil. La salive tourne au palais, referme la fenêtre, une tristesse comme un poison du sentiment, elle, non, du fin fond de son âge presque centenaire : ça vous étonne ? ramasser les crottes pour tondre le gazon, reboucher les trous presque chaque jour ? non, elle ne va plus au jardin, c'est beaucoup plus simple... Il doit bien y avoir une autre solution, Antoinette, voyons ! et... et Alix, elle ne peut pas... mais enfin, Lucas ! vous la connaissez ! vous... vous qui l'aimez tant !

2

Sniper

Sommes voisins depuis dix-huit mois, lotissement ouvrier d'avant-guerre, lopins de terre profonds-étroits, maisons en brique rouge, mitoyennes : grille sur la rue, courette cimentée, perron, deux pièces-cuisine en rez-de-chaussée, une chambre, une salle d'eau à l'étage, puis derrière, le jardinet : 32,70 m de long sur 5,30 m de large, à peu près un couloir d'herbe planté pour moi d'un lilas et d'un cerisier... Jacky Hudard a emménagé avec ses cinq enfants et sa femme, enceinte... serait temps qu'ils découvrent la contraception, mais sont très pratiquants ! ah ! ah ! lui ai rétorqué l'autre jour avec clin d'œil et coude dans les côtes, devant un pastis-cacahuètes-grillées-salées, pratiquant-pratiquant, pas seulement de la religion, hein, Jacky ? hein ? hi-han, hi-han ! et je braie, authentique, tel un onagre du Tibet... joues en feu, pauvre sourire gêné, tête basse, comme pris... la main dans le sac !

Roux, cheveux filasse, peau grêlée, traits tirés par la fatigue et les soucis, yeux démesurément grossis-globuleux, quasi-poisson mérou derrière ses hublots aquarium, vêtu d'un bleu de chauffe à la maison comme à l'usine de Villepinte où il est contremaître sur la ligne de production des tableaux de bord de C3 et C4... Surgie tard dans sa vie, son épouse mauritanienne fait des ménages à droite à gauche, six enfants bientôt, mangent plus souvent riz-patates que homard-écrevisses... la maison est trop exiguë, en sept week-ends, il a couvert 50 m² du jardinet en toit fibrociment ondulé, élevé des murs sans fenêtres en plaques composites doublées de laine de verre, installé un poêle à mazout : « la chambre des gosses »... sur un ton fier et coupable à la fois, pour sûr faut les abriter !... si je le dénonce à la mairie et à la DDE, il doit fissa démonter le bidonville, mais suis pas chacal, contemple le déploiement d'énergie et de prouesses pour assurer gîte et couvert à sa progéniture... la porte au fond de ladite chambrée donne sur un sas à outils puis sur le reste de terrain colonisé en plants de pommes de terre... de la bintje ! la plus rentable au pied. Ajouter sept poules-un coq, une aile avant et un pare-chocs de BX, un train de pneus, un fût d'huile de vidange, un échafaudage démonté... courageux, Jacky ! suractif ! travaille tout le temps, porte sa vie comme sa croix, 50 ans, elle pèse. Avec sa construction sauvage-illégale, je le tiens... impolitesse, manquement, geste déplacé, tapage diurne et nocturne, coyote qui aboie, paf ! envoie la lettre de dénonciation, deux exemplaires, elle est prête, juste à dater... enfin, je touche du bois, aucune anicroche pour l'instant... il la connaît, Jacky, son épée de Damoclès, lui ai évoqué la question, en perpendiculaire, un soir d'été, devant un autre pastis-bretzels : c'est bien beau, mais pas très légal, ça, hein, Jacky ? suppose un malintentionné dans le voisinage ? ! crac ! dénonciation ! t'es bon comme la romaine ! ça n'est visible que de chez vous, Noël, je ne risque rien... bien balancé, Jacky ! mais, imagine, j'offre un coquetelle au jardin, genre : fête de voisinage, musique pour saluer l'été, avec M. Maurice, Rachid, Mme Gustave, M. Zameczkowski, Hassan, M. et Mme Kourouma et leurs sept enfants, ils vont la découvrir, eux, fatalement, l'érection du building... bon, t'inquiète pas, Jacky, je veille au grain, je lance, généreux, protecteur... mon âge permet, mais il a bien saisi, Jacky, m'envoie son épouse cinq heures par semaine faire le ménage gratos, de ma cave au grenier, la couture, le repassage et souvent des courses... elle est encore bien dessinée, la jeune Alcina, 32 ans, malgré ses enfantements réguliers, serait pas enceinte de sept mois, aujourd'hui même, quand je la contemple au travail, en effort ménager, l'ondulation des hanches et du fessier... enfin, je patienterai...

Cet après-midi, dimanche trop chaud, trop ensoleillé, fête foraine et bal sur la place de la République, ça sent les aisselles rances et les entrejambes tièdes, navigue dans la foule avec un pince-nez mental, stoppe devant la cabane de tir, pipes en plâtre qui défilent paresseusement, pan, pan, pan, six fois égale six pipes décapitées, excellent au tir même avec ces pétoires tordues, pas content le forain ! doit me donner une peluche grand modèle, un télétubbie rose... soudain, vois apparaître Jacky avec ses cinq chiards entre 3 et 7 ans, et son épouse en voie d'intégration. Leur fais signe d'approcher... d'une pierre deux coups, faire chier le forain/épater les voisins, remets ça pour une partie de ballons tressautant dans la cage noire, pan, pan, pan, six fois, six ballons explosés derechef, le marchand de tir n'en croit pas ses yeux, vérifie son fusil voir si le canon ne serait pas trop droit par hasard. Choisis présentement, aussi laide que le télétubbie à tête de singe, une poupée de 45 cm qui braille : maman ! pipi ! faim ! lolo ! etc. ramasse les deux et les offre, sourire sucré-ému, aux deux gamines de 4 et 7 ans, qui en bondissent de joie, merci, monsieur Noël, merci !... tonton Noël ! je précise... merci, tonton Noël ! et Alcina, grands yeux reconnaissants... ah ! la garce ! ses lèvres pulpeuses ! c'est pas une pipe en plâtre que j'aimerais qu'elle me taille ! bref, les trois garçonnets en reste sont jaloux-envieux, soudain, se tournent vers leur père, eux aussi veulent un trophée, pauvre Jacky ! sourire moisi, décomposé ! va devoir payer des parties de tir... avec ses yeux lychee-sirop derrière ses culs de bouteille et son strabisme très convergent, n'est pas près de dégommer les pipes ni les ballons, il le sait d'avance, même avec une chance de cocu, va se ruiner pour rien, n'a pas le sou, n'ose pas refuser aux kids en zizanie et pugilat... il m'envoie un regard panique implorant, voudrait, souhaiterait au plus profond que je tire à sa place, au besoin, me paie les parties... fais celui qui ne comprend pas, l'abandonne au regard de ses enfants, en père pauvre, bigleux et maladroit, bricoleur, c'est une chose, tireur, c'en est une autre !... allez, Jackie, bon dimanche ! le laisse jouer, blême et rongé par le drame familial qui monte crescendo... préfère le voir perdre la face devant sa descendance que de le dénoncer à la DDE, pour en faire un martyr, ah, non ! m'éloigne, bonhomme.

3

Gauche

C'est en milieu d'après-midi que le téléphone a sonné. Longtemps. Suis au jardin, dans un soleil de printemps, à tailler les rosiers, le temps que j'arrive jusqu'à la maison... trop tard... j'ai attrapé le portable sur le buffet, l'ai branché, mis en poche et suis reparti à mes plantations... bon, ce devait être important, ça sonne derechef, sur l'écran, je vois « Laure » qui s'affiche : oui ?... bonjour, Pierre... bonjour, Laure, ça fait plaisir de t'entendre, tu m'oublies ces derniers temps... oui, c'est vrai... long silence dans l'écouteur, allô ? allô ?... un bruit de fond sourd, puis sa voix en sanglots : Pierre, oh ! mon Dieu ! j'en peux plus, j'en peux plus !... Laure ! tu... ? qu'y a-t-il ? allô ?... elle ne répond rien, elle pleure... mais, tu es où ? je t'entends mal ! allô ? il... il ne veut pas que je le garde !... pardon ?... que je garde l'enfant... il ? oui... Charles, il ne veut pas ! on... on se sépare... elle pleure, elle suffoque... mais, tu es où ?... je roule, suis sur l'autoroute, je peux venir chez toi ? je ne sais pas où aller sinon au diable ! c'est bon, je ne suis pas le diable, Laure, je t'attends... elle a dû esquisser un pauvre sourire, ses sanglots se sont arrêtés... je ne te dérange pas ? jamais, Laure, jamais !... notre amitié a une bonne dizaine d'années maintenant, une amitié complice... on travaillait ensemble sur le montage d'une pièce au théâtre de Genevilliers, elle, aux éclairages, et, moi, aux décors... en fait, j'aime Laure depuis cette rencontre, sans lui avoir rien avoué... c'était inutile, sans réciproque, elle en eut peut-être le soupçon, mais s'est vite amourachée de Charles, 8 ans bientôt, n'avais plus qu'à prendre la tangente, j'ai eu l'occasion de quitter Paris, de trouver du travail à Strasbourg, de m'esquiver... tu es où, Laure ? je t'ai dit ! sur l'autoroute ! oui, mais où ? à... à deux heures et demie de chez toi, je pense... parle-moi, Pierre, parle !... tu sais bien que c'est dangereux au volant et... non, je veux t'entendre, vais devenir folle, parle-moi, Pierre ! parle !... non, Laure, c'est trop dangereux, il faut raccrocher !... tiens, crois avoir une idée... tu te souviens de ce CD de Neil Young que je t'ai gravé ?... oui... tu adores, n'est-ce pas ? tu l'as dans la voiture ? je... je sais pas... cherche, regarde... l'entends farfouiller dans la console centrale, des choses tombent par terre, des bruits de plastique secs, je ne supporte pas de l'écouter conduire sa voiture à 150 à l'heure, en larmes et sanglots, cherchant un CD, j'ai la terreur d'assister à un accident, un effroyable fracas soudain, dans l'oreille... qu'est-ce que je fous près des rosiers, avec mon sécateur, chaussé de bottes caoutchouc, dans ma vieille veste de toile, qu'est-ce que je fous là ?... ah, bien ! tu l'as retrouvé ? mets-le dans le lecteur, le volume fort, comme tu aimes, laisse-toi porter ! je t'attends, et fais attention à toi... quand le CD est fini, tu me rappelles, d'accord ? tiens, au moment où tu prends un café dans une station-service, oui ?... oui, elle pleure, mais elle est d'accord... à tout à l'heure... oui, à tout de suite.

Le jardin est un désert où pas un brin d'herbe ne pousse, n'ai plus rien à y faire, rentre à la maison, ôte les gants, les bottes, la veste, j'attends... deux heures et demie à patienter, ce sera la fin de l'après-midi, elle aura le couchant, si beau, sur les vignes alentour, vais préparer sa chambre, prendre une douche, me raser, être présentable... cela fait six mois que je ne l'ai pas vue, un coup de téléphone de temps à autre, sa voix, triste parfois, ces derniers temps, me semblait-il, des cartes postales lors de ses déplacements, j'appréhende de la rencontrer ici où elle n'a séjourné qu'une fois avec Charles, mais suis envahi du bonheur de l'imaginer aujourd'hui, venant chercher refuge à la maison... serais donc un recours dans son état d'extrême détresse... une demi-heure plus tard, suis sous la douche, le téléphone, encore... sors trempé, enfile peignoir, me précipite sur le combiné, merde, c'est Charles, cette fois... oui, allô, Pierre ? te dérange pas ?... non, non, j'étais sous la douche... oh ! pardon-excuse-moi... suis inquiet... tu... tu n'as pas de nouvelles de Laure, par hasard ?... non, pourquoi ?... tu ne sais pas, mais... on... on a décidé de se séparer... mince ! et pourquoi ?... oh ! trop long à t'expliquer, là, au téléphone... mais, elle est partie hier soir comme une folle, je téléphone partout, n'arrive pas à la joindre, je m'inquiète... j'ai envie de lui répondre qu'il ne doit pas s'inquiéter puisqu'elle a décidé de garder l'enfant ! mais je n'ose pas, ce ne sont pas mes affaires... ni lui avouer d'ailleurs que Laure sera ici dans un peu plus d'une heure... c'est elle qui décidera de lui téléphoner ou non... excuse-moi, je continue l'exploration du répertoire, à plus tard... oui, Charles, à plus tard, et tiens-moi au courant, s'il te plaît, enfin, sinon, je rappellerai... n'ai jamais beaucoup apprécié le personnage, difficile à cerner, un peu hautain, un avocat financier, sûr de son affaire, sûr de sa place dans le monde, de ce qu'il doit y faire, ce qui devait rassurer Laure, probable... pour une fois qu'il exprime quelque trouble, c'est un événement... mais comme il téléphone manifestement à tous les amis de leur répertoire, c'est une manière au moins valorisante d'annoncer leur rupture : pauvre Charles... inquiet de la disparition de Laure !

Bien, je m'habille, me rase, prépare sa chambre au rez-de-chaussée, afin qu'elle sorte et entre librement, lui pose des serviettes dans la salle d'eau attenante, le bouquet de jonquilles dans un vase sur sa commode, retourne à la cuisine, mets dans un plat du saumon à décongeler, vais le faire griller au sel, accompagné de riz gluant et d'une poêlée de champignons forestiers, débouche un saint-estèphe que je mets à décanter en carafe, feuillette le journal, navigue un peu sur le net, regarde la météo des prochains jours, annule plusieurs rendez-vous et deux dîners de la semaine, prétexte que je suis souffrant, de fait je tourne en carré dans le temps qui colle, qui ne s'écoule pas. Elle doit rappeler, devrait arriver d'ici une bonne demiheure, j'ai envie de prendre la moto, de rouler au-devant d'elle, pour ensuite l'accompagner, lui faire escorte, c'est idiot, infantile... elle a commencé à parler de son désir d'enfant il y a deux ans maintenant, me souviens, lors d'un dîner, chez eux, à Vincennes, avec d'autres amis, dont Charlotte qui était enceinte de six ou sept mois... on a bien repéré que Charles ne réagissait pas, une surdité coupante, genre : elle n'a rien dit/n'ai rien entendu/ça ne me concerne pas... malgré le visage de Laure tourné vers lui pour répéter combien pour elle ce serait à présent urgent et heureux, etc., il ne lui a pas même rendu son regard, il parlait avec Jérôme d'agrandir son cabinet, de prendre des associés...

Laure est une éclairagiste capable de transfigurer la scène telle une magicienne... par la seule lumière, elle rend l'espace immense, abyssal ou minuscule, elle transforme les corps des acteurs en des ombres blanches quasi transparentes, sans épaisseur, des silhouettes de papier, ou au contraire les rend pondéreux, épais, enlisés au sol, des golems... jusqu'à rendre vain tout décor... elle arpente la scène, monte dans les cintres, escalade les structures dans les plafonds des théâtres avec une vivacité d'acrobate et d'alpiniste, elle gravit d'ailleurs des montagnes plusieurs fois par an. Mais elle n'arrive pas ! le soleil a disparu derrière les vignes, les dernières lueurs du couchant meurent à l'horizon, elle devrait être là, je ne comprends pas, si je téléphone, elle est au volant... ah, tant pis ! n'y tiens plus, j'appelle... au moins, ça sonne ! ça sonne, mais ça ne décroche pas ! c'est la messagerie : oui, Laure, c'est Pierre, je m'inquiète que tu ne sois pas encore arrivée, à tout de suite... raccroche et reprends mon errance agitée dans la maison... cinq bonnes minutes... ouf ! mon portable qui égrène sa désuète musique brésilienne... tiens ! ce n'est pas Laure qui s'affiche, mais quelqu'un qui me dérange avec un numéro protégé... décroche, agacé : oui, allô ?... oui, je suis bien au 06 46 17 93 07 ? oui, Pierre Andréas, c'est ça... ici la gendarmerie de Sarreguemines, vous venez d'appeler Laure Aldën, et vous êtes le dernier numéro composé sur son portable, n'est-ce pas ? oui, peut-être, sans doute, c'est absurde comme question... vous êtes de la famille ? oui ! mens-je. Ils ont une triste nouvelle à m'annoncer, le décès de Laure sur l'autoroute A32... comment ? quoi ? le... oui, le décès de Mlle Aldën, à 17 h 40 sur l'A32, non loin de la sortie 16, elle change sa roue crevée... pardon ?... sa roue, son pneu avant droit, elle a été fauchée par une voiture à plus de 130, il a dû freiner sur au moins 100 m, sa vitesse initiale devait être élevée, la voiture de Mlle Aldën est intacte, il y avait son portable sur le siège passager et... vous me racontez... ? c'est un canular, il me raconte quoi ? il dit qu'elle a été fauchée ? la voiture est sur cric, les boulons de la roue avant droite desserrés, elle continue à les dévisser à la main, il invente quoi ? quelle farce ? dans la raideur de sa voix grave-rocailleuse, j'entends soudain l'uniforme et la moustache, il me dit de me calmer, qu'il comprend mon affliction, c'est son terme ! mais, ce n'est pas sa faute... calmez-vous, monsieur Andréas, s'il vous plaît !... excusez-moi, vous me dites que la voiture n'a rien ? qu'elle est happée en changeant la roue avant droite ? elle est sur la voie d'arrêt d'urgence, entre sa Golf et le talus, accroupie, à dévisser ses boulons ? on est sûrs pour les boulons, elle en tenait un au creux de sa main refermée comme un poing... il me dit qu'elle est happée par une berline sans heurter sa voiture alors qu'elle est entre la roue avant droite et le talus ? elle roulait où, la berline ? où ? sur le talus ? c'est une histoire de dingues ! et puis, je m'en fous, à la fin, de ses explications merdiques, c'est Laure qui... êtes-vous sûr qu'elle est ?... mais, alors, comment c'est... ? votre histoire est incompréhensible, excusez-moi d'insister ! oui, pour tout le monde, parce que Mlle Aldën changeait sa roue sur la voie rapide, celle de gauche, au sortir d'une longue côte, oui, la voie rapide, à l'arrêt comme sur le bord d'une route ordinaire, elle a coupé le moteur, a eu le loisir d'installer le cric, de déverrouiller les boulons, de sortir la roue de secours, de lever la Golf sur deux roues, et puis elle a été fauchée, entre chien et loup... les vitres étaient baissées, il y avait de la musique, assourdissante, dans l'habitacle, il a dit : entre chien et loup, sur la voie de gauche...

4

Initiation

Choisis toujours l'enclos des émeus (famille des ratites), en contrebas de l'allée, lequel n'est pas borné par un grillage, mais un fossé d'herbe, la tête des émeus bruns aux longs cous bleuâtres pouvant flairer le haut du fossé gazonné à la hauteur pédestre des passants visiteurs... les jeunes enfants s'y arrêtent volontiers avec parents ou grands-parents... quand l'un des gamins demeure à portée des émeus, fasciné par ces têtes quasi d'autruche, au plumage noir, au regard fixe, aux yeux orange, m'approche du fossé, à quelques mètres de l'enfant, foule le talus gazonné, arrache une touffe d'herbe et l'offre à manger, ostensiblement, à l'émeu le plus proche... qui s'en régale... en redemande...

... non, fréquente peu les mammifères, m'occupe plutôt des volatiles : grues cendrées, marabouts, flamants roses, rapaces, perruches, aras, cacatoès, ne vais pas tous les énumérer, le zoo abrite une grande variété d'espèces... nettoie leur volière, distribue graines, fruits et légumes crus, viande, blocs de graisse et toutes choses assorties, surveille la santé de chacun, oui, vingt-trois ans que je travaille ici, échange pépiements d'usage quasi quotidiens, notamment avec perruches et perroquets : salut à toi, ô Jacquot ! salut à toi, Émile, vieux patricien !... j'aime cette emphase chez les oiseaux ! et vingt secondes plus tard, façon d'engager la conversation : t'as de beaux rêves, tu sais ?... ce qui est faux ! les oiseaux ont de vagues lambeaux de rêves inesquissés, et moi, avec l'âge, ne rêve plus ! yeux grands ouverts dans la noirceur de mes nuits blanches... peu importe ! « t'as de beaux rêves, tu sais ? » me suis autrefois échiné à leur apprendre... en fait, c'était : « t'as de beaux restes, tu sais ? » puisque les perroquets vivent si vieux... seront encore là au jour de ma retraite... « t'as de beaux rêves, tu sais ? » ah ! ! ! la rage, les premières fois... pourquoi vous dites *rêves* ? c'est : *restes* ! le vétérinaire du zoo, expert en phonétique des oiseaux parleurs, prétend qu'ils ont de réelles difficultés pour articuler diphtongues, triphtongues et sifflantes explosives, du genre : re*st*e, e*str*apade, mou*sq*ueterie, co*r*-*s*aire... en revanche, les labiales : p, b, v, du genre :

rêv*e*, *b*ateau, *Val*p*araiso*, *p*irate, sont pour eux un jeu d'enfant, qui n'ont pourtant ni lèvres ni cordes vocales... c'est leur système respiratoire ! le fameux syrinx à l'intersection des deux bronches qui leur permet de moduler tant de sons et de syllabes, dixit le véto-poète... au final, *rêve* demeure plus joyeux que *reste*, plus euphorisant, plus chargé d'avenir, fait remonter l'époque où j'imaginais m'embarquer pour des horizons marins et tropicaux, traversés d'oiseaux multicolores... mais voilà, suis demeuré en climat tempéré, en végétation parisienne, parmi des rochers en béton, j'y ai gagné la fréquentation d'oiseaux des cinq continents avec lesquels je finis mes jours...

... reviens aux émeus (l'un des plus proches descendants du dinosaure !) à qui je donne une touffe d'herbe à six pas du môme ébahi... rien ne tente plus un jeune enfant que d'offrir à manger à un animal... un irrésistible élan le porte à ce geste, nourrir, apprivoiser, devenir l'interlocuteur privilégié, l'ami intime d'une nature jusque-là muette et indomptable, y découvrir sa propre humanité, bref ! refaire le mouvement de l'homme ancien qui domestique la nature et l'habite de son imaginaire, des millénaires de travail enfouis dans notre cerveau reptilien que l'enfant rejoue inlassablement... alors, à son tour, il arrache une touffe d'herbe, souvent ses parents le font pour lui, il saisit la touffe, maladroitement, entre ses petits doigts tendres, c'est à cet instant que je me redresse, prêt à m'éloigner nonchalamment... le bambin tend sa main minuscule vers la tête de l'émeu, lequel se précipite avec des sinuosités du cou proches du serpent dansant, ouvre son bec puissant, et... crac ! pince violemment les doigts non avertis de la frêle main pâle, qu'il coupe, jusqu'au sang, la pulpe ouverte d'un, deux ou trois doigts, fatalement, vu la structure interne du bec de l'oiseau... terreur, pleurs, douleurs, ça pisse le sang, sourires effacés, enfant traumatisé, parents blêmes et décomposés, bonheur annulé, leur tourne déjà le dos, pars lentement vaquer à mon travail, un trouble sourire de contentement aux lèvres, irrépressible... on ne tend pas la main n'importe comment ! comme si le monde était à sa disposition ! non ! le réel ! l'apprentissage du réel ! la fin des rêves ! ricane-je intérieurement... ce matin, sous un soleil éclatant, la 386e victime... et la mère qui me poursuit, me traque : mais, votre uniforme ! oui, vert forestier ! vous... mais enfin ! vous appartenez au zoo ! oui, corps et âme ! aux oiseaux, oui !... vous donnez l'exemple ! exprès ? pour que mon fils se fasse mordre ! espèce de salaud ! vous ai débusqué ! vais vous dénoncer !... lui ai claqué au nez la porte de service métal du rocher des lémuriens... interdit au public, pauvre folle !

5

Vie privée

… j'ai le fournisseur au téléphone, on s'engueule copieusement… deux minutes, please ! je passe dans le bureau du directeur, en son absence, obligée… cherche le courrier confirmant la commande (120 000 euros de matériel !) pour aujourd'hui, pas pour les calendes grecques ! le trouve, mais tombe également sur un dossier ultraconfidentiel qui m'intéresse vachement ! qui va peut-être me tirer d'affaire, si Dieu est avec moi… veux sortir du tunnel, en finir avec la poisse qui m'a précipitée au fond du trou obscur et méphitique presque une année durant… Noël dernier, licenciement sec après la liquidation financière de IG Tube, la société qui m'emploie… Alain qui me largue pour une petite pétasse de 22 ans, à peine pubère, nous a virés de son existence, nos deux fils et moi, pour aller vivre son idylle sur les Côtes-d'Armor où sa boîte s'est implantée, pas vu depuis six mois, les nouvelles, c'est son avocat qui les donne en prévision du divorce... on ne peut plus payer les traites de l'appartement, la bouée de sauvetage, c'est ce contrat à durée déterminée, quatre mois pour faire mes preuves... c'est fait... dix heures par jour de boulot, sans parler des dossiers emportés à la maison sur lesquels je travaille la nuit, une fois les enfants couchés... pauvres chats ! 8 et 10 ans... ma mission dans l'entreprise : installer la téléphonie et l'informatique dans les nouveaux locaux d'Electronics'3000, afin que le déménagement des deux cent soixante-seize employés se fasse sans coupure d'activité, un ralentissement est toléré sur cinq jours... mission accomplie, mon commandant !... seule avec Cindy, une jeune secrétaire, des stagiaires de passage, et Alex Grosser, mon directeur, qui supervise l'affaire. Suis éreintée. Les 2 km de natation le vendredi midi et les 15 km de footing le dimanche matin m'ont permis de rester en piste, à 36 ans, suis encore bien balancée... c'est là que le bât blesse... M. Grosser en veut à mon cul, à 55 ans, il se découvre une nouvelle jeunesse... mince, yeux bleus, toujours bronzé, il roule en voiture de sport, et il me sauterait volontiers dans son bureau, direct, à sec, lui aussi, sans précaution oratoire... malgré sa jolie blondasse dans la petite quarantaine.

La semaine dernière, il y avait un cocktail à l'étage de la direction pour fêter l'inauguration des nouveaux locaux... tous les directeurs, chefs de service, cadres sup étaient là : petits-fours, mousse de foie, tarama tournant rose fuchsia, fromages suintants, et champagne médiocre qui donne une haleine de fond de siphon... il m'a susurré, les yeux dans les yeux : vous avez fait du bon travail, Lætitia, un parcours sans faute... on décide de votre contrat d'embauche définitive la semaine prochaine, j'ai confiance... il avait sa main sur ma hanche, pas loin de me mouler le haut de la fesse quand il m'a dit ça, j'étais coincée contre la table des amuse-gueules, il y avait beaucoup de monde, personne n'a remarqué sa main baladeuse, ni son regard sans équivoque plongeant dans mon décolleté... il est revenu à la charge plus tard et plus aviné, la main cette fois dans le creux de mes reins, me proposant de me reconduire dans sa nouvelle Porsche... message reçu cinq sur cinq, ma chatte pour sa bite, et j'ai le CDI en poche dans dix jours... n'ai pas dit non, juste que c'était impossible, mes deux garçons m'attendent chez leur grand-mère, dois passer les prendre pour les coucher vite, demain, il y a école... alors, une autre fois, Lætitia ?... avec plaisir, Alex !... la semaine prochaine ?... pourquoi pas ?... gagner du temps, fils de pute, gagner du temps !... comment faire ? ne peux tomber malade ni invoquer une grippe des enfants... à quelques jours de la signature du contrat... me sens dos au mur : saboter les freins de sa Porsche, foutre de l'arsenic dans son verre d'Alka-Seltzer, infester son écharpe cashmere du virus de la variole, le châtrer à l'instant idoine... dans tes rêves, ma pauvre Lætitia, dans tes rêves ! la semaine prochaine, a-t-il insisté, ben tiens ! ne lâchera pas l'affaire. Et lundi, je découvre ce dossier confidentiel qui établit, en quelques lettres et devis, l'entente préalable entre Grosser et Galactic.com, une grosse boîte d'équipementier téléphonie/informatique, qui a fourni câbles/terminaux et installation pour notre nouvel immeuble, à un prix nettement supérieur à ceux de la concurrence... disons, oh ! allez ! 300 000 euros en moyenne... alors je fouille un peu par hasard dans l'organigramme de Galactic.com, y débusque sa femme ! Teresa Grosser-Hellbach, en actionnaire majoritaire, voilà qui peut intéresser notre direction générale... j'ai de quoi calmer les ardeurs de queue de M. Grosser... je photocopie le dossier, stocke l'information en lieu sûr, et finis par accepter à la troisième reprise son invitation à dîner, jeudi... invoque :

– le dentiste lundi soir... ah ! si je pouvais avoir des chicots plein la bouche et l'haleine en remugles de viscères,

– mes garçons, mardi et mercredi soir,

reste jeudi où il est à peine implicite qu'il exercera son droit de cuissage... reviens à ma découverte de la malversation sur l'appel d'offres, commence à sonder l'affaire à propos de Galactic.com... mais, enfin, monsieur Grosser !... oui, pardon, Alex ! leur compétence est très médiocre, suis certaine qu'il a fallu travailler deux fois plus qu'avec la concurrence, vérifier le moindre détail... oui ! c'est pour ça que vous étiez là, Lætitia ! pour veiller à tout !... et on dit que ce sont les plus chers du marché ! comprends pas !... vous êtes bien renseignée !... c'est la rumeur qui court, Alex, et... Grosser ne sourcille pas, semble sûr de lui, m'évoque à demi-mot un rapprochement structurel d'Electronics'3000 et de Galactic.com, deux sociétés parfaitement complémentaires, bientôt leader européen !... vous aurez un poste bourré d'avenir, Lætitia... merde ! merde ! merdique ! fouille l'organigramme de nos actionnaires, bingo ! Alex Grosser en est, dans les trois plus importants, comme s'il préparait le rachat de sa boîte par celle de sa femme... ça sent le roussi, les petits actionnaires seront obligés de suivre, mon gun gros calibre se transforme sous mes yeux en pistolet à eau... n'ai plus de prise sur ce fils de pute pour la soirée de jeudi... vais lui confier à l'instant du dessert que j'ai une infection urinaire ?... il s'en fout... une MST ?... me croira pas... Dieu n'est pas avec moi ! je vais... gamberge lundi, en nuit blanche, jusqu'au petit matin... eurêka ! passe mardi soir chez Éléonore, mon amie écuyère monitrice à l'UCPA, cavalière et dresseuse, parfois pour le cirque Gruss... tenter le grand jeu, le veux ce poste bourré d'avenir ! sans sa bite entre mes cuisses.

Nous y sommes, au Grand Veneur, rien que le nom, j'ai la gerbe... restaurant chichiteux pas loin de la place des Ternes, grandes serviettes blanches, quatre verres en cristal, huit couverts en argent, serveurs en livrée pingouin, l'ennui m'étreint déjà... et Alex Grosser qui joue les habitués, la cantine de Monsieur, à 200 euros par tête de pipe, le chef de salle, le maître sommelier, qui se confondent en obséquiosités, qui me soupèsent de leurs yeux chiasseux, voir si la nouvelle pute de Môssieur présente bien... on nous pose à l'écart, angle sombre, feutré, tiens ! une table aux chandelles, que c'est original ! Grosser choisit du homard en entrée puis du sanglier, c'est arrosé de grands crus, et champagne en apéritif, natürliche ! comment peut-il, à son âge, croire encore à ce genre de mascarade ? il a plus d'imagination dans les affaires d'argent, à rebours, ses montagnes de pognon n'enrichissent pas son imaginaire... le pauvre ! me parle de son goût pour les nourritures authentiques, saines et légères... me demande tout intérieurement comment le gibier va être cuisiné végétarien... de sa passion pour les voyages lointains... qui, Alex, n'aurait pas le goût pour les bonnes nourritures et les voyages dans les tropiques ? s'il suffit de signer des chèques... un centième de seconde d'arrêt puis il éclate de rire : ah ! Lætitia, quelle femme vous faites !... à ce propos, il m'évoque ses dernières vacances à l'île Maurice, oui, m'en souviens, il est rentré grillé-cramé en plein mois de janvier... vous aimez le ski nautique ? il est très fort en monoski... ah ?... il loue un hors-bord à Madagascar, c'est Jérôme qui pilote, oui, le directeur financier d'Electronics'3000... ah !... et les courses de Formule 1, vous aimez ? il ne rate pas un Grand Prix, toujours dans la loge VIP, jusqu'en Argentine, il se déplace ! Oh ! il voulait citer également son petit avion de tourisme, enfin, petit, c'est tout de même un quatre places, un guépard, une belle machine ! c'est tellement plus simple pour voyager, il visite l'Atlas, survole le désert... au moins une fois par an, in-dispen-sable pour son équilibre mental, tellement de stress, de responsabilités ! trop... j'hésite : il me présente son CV sports-loisirs ou il me dresse une archéologie des transports ?... souhaiterait sans doute que je me projette dans son luxe, sa vie clinquante, sans enfants, sans amour, juste un fils oublié avec la mère, dans l'arrière-pays niçois, il y a une vingtaine d'années, à qui il balance du fric pour payer les études... parce qu'il est réglo, Alex, il est clean ! irréprochable sur la tune envers la mère et l'enfant... le temps, c'est de l'argent ?... bien sûr, Lætitia, à chaque heure qui passe !... oui, mais, pensez-vous que vous puissiez acheter le temps, je veux dire : le vôtre, celui des autres ?... Évidemment, puisqu'ils travaillent pour moi... et pourquoi j'ai un avion, d'après vous ? pour survoler le désert en quatre heures à peine... en effet, je n'y avais pas pensé... ouf ! quasi au dessert, peux plus rien avaler, non, merci, oui, juste un sorbet, oui, bien sûr, de chez Berthillon, my God !... ça fait cinq minutes qu'il tourne autour du rapprochement Electronics'3000 Galactic.com... vous voulez parler de fusion ?... non, non, une collaboration étroite, en synergie !... avec des licenciements ?... pensez-vous ! tout notre personnel est au top ! pas question de laisser filer la matière grise !... c'est un plan de carrière Ferrari qu'on va vous proposer, Lætitia, vous arrivez au bon moment... en revanche, deux des directeurs sont absents cette fin de semaine, pour votre contrat, on signe mardi prochain au plus tard... enfoiré visqueux à tête de pieuvre, tu veux me troncher aussi ce week-end, mon cul 24 h/24 jusqu'à mardi inclus, on joue les prolongations, pense-je... ne faites pas cette tête, Lætitia ! demain ou mardi, quelle importance ? jolie jeune femme, vous avez toute la vie devant vous, cinq jours de plus ou de moins... non, merci, pas de digestif... Il règle la note, j'aperçois le total : 679 euros, c'est donné... je vous raccompagne, ma chère... dans votre Porsche, Alex, sinon je prends un taxi !... il éclate de rire... me demande s'il rit parce que son orgueil est flatté ou parce qu'il a compris l'ironie de ma réplique ? il croit tellement en sa personne... me tient mon manteau pendant que je l'enfile, ses mains s'attardent sur mes épaules, il salue le personnel façon grand prince, le chef de salle, toujours les reins souples et les joues distendues, nous précède jusqu'au tambour du hall d'entrée fleuri, le voiturier nous ouvre les portières de la Porsche rouge qui ronronne devant le trottoir, hop ! nous voilà partis en 24 Heures du Mans, direction Courbevoie, où je vis encore dans le bel appartement impayé, avec les huissiers et les banques sur le dos, oui, nous avions choisi Courbevoie pour habiter tout près de chez ma mère qui adore s'occuper de ses petits-enfants... et depuis qu'Alain est parti, quand je suis coincée comme ce soir, c'est elle qui les garde et les emmène à l'école, le matin... C'est un immeuble récent, bien conçu, avec balcons qui donnent sur un jardin privé à l'arrière, il gare avec dextérité, coupe le contact, je le remercie pour cette agréable soirée, j'ai la main sur la poignée... vous m'offrez un dernier verre, il lance... chiotte ! nous y voilà ! j'espérais encore à la dernière seconde qu'il me laisse filer... Dieu m'abandonne... à part du thé, n'ai pas grand-chose à vous offrir, Alex... en fait, c'est moi qui vous offre un dernier verre, voulez-vous ?... de l'arrière de la voiture, il tire une bouteille de dom-pérignon, frappée-enveloppée dans sa robe thermique, qu'il a dû commander au restaurant... vous avez tout prévu, Alex... Lætitia ! ce n'est pas tous les jours qu'on fête un grand événement !... quel événement ?... eh bien, notre collaboration présente et à venir ! et cette première soirée en votre exquise compagnie... ben, tiens ! allez ! je m'extirpe de la bagnole, courage ! tenir ! il faut ! 9e et dernier étage, vue panoramique sur la Défense, double living, trois chambres, on ôte les manteaux, vais chercher les coupes, on s'installe sur le sofa cuir, Alex me félicite pour mon intérieur spacieux, d'un goût affirmé (sic), ça ne m'étonne pas de vous... vous êtes propriétaire ? quand avez-vous acheté ? le quartier ? etc., trois-quatre minutes, on trinque, il me prend la main, il est pressé, lui laisse prendre, il nous ressert, le champagne est délicieux, suis un peu saoule, ça aide à sourire, être sémillante, joyeuse, charmante, on trinque encore, il m'embrasse, va trop vite, veut déjà me rouler un patin, sa langue s'aventure, il a la bouche trop mouillée, me dégoûte... ma coupe est vide, Alex ! du champagne, encore ! il a le regard lubrique, yeux concupiscents, lèvres rouges, verse d'une main, de l'autre me pelote les cuisses, explore sous ma robe... le neutralise comme je peux en lui ôtant sa veste, sa cravate, sa chemise... sa main gauche revient sans cesse dans mon entrecuisse, cherche ma chagatte, sa main droite me presse le sein comme un citron, il a une géographie vulgaire de la caresse, me lèche le cou, je l'ai mis torse nu... oui, en effet, mince et musclé, son parfum musqué m'indispose... décidément, on est faits pour baiser ensemble... oh ! Lætitia, Lætitia !... oui, c'est mon nom... Lætitia ! oui, Alex, oui... suis en soutien-gorge rouge, robe noire sur les hanches, j'ai les cuisses suffisamment fermées pour que sa main ne puisse s'introduire dans ma culotte, il y trouverait des lèvres sèches quasi lyophilisées, un clitoris au fin fond de sa coquille, une vulve en porte de coffre-fort, sa bouche me tète le haut des seins, mes mains travaillent : ceinture défaite, braguette déboutonnée... tes chaussures, Alex, ton pantalon, magne ! off ! out ! il est fébrile, arrache ses Weston, sans les délacer, en force, j'ai son braquemart dans la main, ah, oui ! pas de doute ! il a la trique, Alex, la trique ! c'est le moment : coup de langue dans son oreille récurée, et lui murmure : attends-moi, darling, j'arrive !... ah ? dépêche-toi, vilaine, dépêche-toi... t'inquiète, mon grand, je fonce dans ma chambre, le matos est prêt, vite ! cuissardes noires, string et bustier noirs, le tout en cuir souple, ceinture en chaîne chromée, quatre tours de taille, lourde ! gants et gantelets à pointes acier recourbées, masque à lacet, collier en dents de lion ethnotrash, la cravache dans la main gauche, le court fouet dans l'autre, merci Éléonore, trois heures d'entraînement chaque jour mardi inclus, sais faire claquer la mèche, couper net une feuille de papier à cigarette, déchirer un tissu, y tracer un Z, presque ! un regard dans la glace ? merde, la gonzesse ! le tout pour le tout, hein, ma Lætitia ? surgis de la chambre, il me tourne le dos, sa queue dans la main, approche à pas de loup, fais claquer la lanière, il sursaute, se tourne, je manie derechef le fouet à 3 cm de son nez, puis sur le sofa, je frôle sa main, le cuir est marbré profond, le visage de Grosser se décompose, il est atterré par le spectacle, n'en croit pas ses yeux, fait face, lentement, je continue de fouetter l'air, effleure son épaule, c'est assourdissant... me tiens droite, les jambes écartées, sans un sourire... À genoux ! lèche-moi, Alex, lèche ! il est perdu, frissonne, c'est pas son truc, il débande fissa, lui cravache le dos, aïe ! allez, allez, obéis !... se met à quatre pattes sur le tapis, me lèche sans conviction le haut des cuisses, la mèche claque encore, au ras de ses fesses blanches, un nouveau coup de cravache dans les reins, relève-toi, bordel ! baise-moi ! allez, direct, sois dur, Alex, un dard ! un poignard ! pénètre, Alex, traverse ! vas-y, mon grand ! j'écarte les cuisses, le redresse en lui tirant les cheveux, il titube, bite molle, ratatinée, genoux rentrés, fait non de la tête, en stupeur, c'est vous, Lætitia ?... c'est comme ça que j'aime baiser, Alex ! en force, nom de Dieu, avec un taureau, Alex ! vas-y, défonce-moi ! qu'est-ce que t'attends ?... une autre fois, Lætitia, ce soir j'ai trop bu, me sens malade... il enfile son boxer en soie sauvage, son pantalon, sa chemise, ses chaussures, met cravate et boutons de manchettes dans sa poche avec les chaussettes... un autre soir, alors ?... oui, oui, d'accord, désolé... quand, Alex, quand ? je mouille, Alex, j'ai envie de toi, putain ! quand ?... ne... ne sais pas, Lætitia, j'ai pas mon agenda... je... il a son pardessus en poil de chameau sur les épaules, il part à reculons, la lanière charcute l'air une dernière fois, j'explose un vase, l'expression du dépit, de l'autre main, j'ai lâché la cravache et fais mine de me ramoner la chatte, cambre la croupe, geins d'agacement, la frustration de la tigresse en chaleur... bonne nuit, Lætitia, bonne nuit, il referme la porte, ouf ! parti ! quitte ou double ! ça a marché ! le fils de pute, il aime les poupées en objet gonflable qui ahanent sous ses coups de reins de directeur-chef, et là, ça a tourné en eau de boudin en quelques secondes... c'était un pari ! ç'aurait pu l'exciter... Sacher-Masoch, la Vénus à la fourrure, c'est pas son business... va me foutre la paix jusqu'au contrat, sa débandaison soudaine, n'y reviendra pas, ça sera un secret entre nous, donnant-donnant... victoire ! victoire !... et là, là, sa petite voix dans mon dos : c'est toi, maman ?... me retourne, mes deux fils à la porte du couloir avec leur grand-mère ! ben ? qu'est-ce que vous faites là, nom de Dieu ?... ne jure pas, Lætitia, s'il te plaît ! et enlève ton masque, tu nous fais peur ! ah, oui, pardon !... mais, qu'est-ce que vous faites là, nom de Dieu de nom de Dieu !... calme-toi à la fin ! il y a eu un incendie dans l'immeuble, deux étages en dessous, chez M. Percheron, il a fallu évacuer, alors on est venus chez toi, dame ! désolée, tu n'imagines pas à quel point je suis désolée !... on dormait, ce sont... tes coups de fouet qui ont réveillé les enfants, probable... moi avec les somnifères et les boules Quiès... ils m'ont sortie du lit, trop tard... terrorisés... choqués... n'ai pas eu le temps de les protéger du spectacle... c'est Thomas, du haut de ses 10 ans, qui me regarde bizarrement... allez, au lit, les enfants ! demain, il fera jour ! coupe leur grand-mère... elle claque la porte du couloir, les entraîne dans leur chambre, me laisse au bord du sofa, foutu... c'est foutu... j'ai ôté mes gants, vide au goulot le reste de champagne, allume un pétard, je coule des yeux, deviens fontaine...

6

Flux

... trop, c'est trop ! en quatre mois, suis verbalisé à trois reprises sur un passage protégé ? ! pour refus de priorité envers... des piétons ? sont pas montés sur roues ! sont pas des véhicules ! sont des éléments pédestres, hétérogènes à la circulation ! sont nonobstant prioritaires, en toute circonstance automobilistique ! et le procès-verbal coûte cher : 250 euros, 3 points ôtés sur le permis : 3 × 3 = 9 ! j'accuse réception et travaille à présent par excès de zèle surdimensionné à démontrer inconciliables ces deux univers mobiles (sic)... depuis cinq semaines, laisse systématiquement traverser les piétons en attente sur le trottoir... les suivants me klaxonnent au cul, éructent les pires insanités, m'en fous, je laisse traverser ! j'anticipe même et favorise leur volonté de s'engager sur l'asphalte fumant d'hydrocarbures !... mais je vous en prie, après vous ! etc., ce qui me vaut des remerciements appuyés, des saluts, entends les mères de famille me désigner à leurs chiards comme un modèle de civisme, et si tous les conducteurs étaient comme moi, dites merci au monsieur, et patati et patata... les vieux qui me traitent de brave homme, d'homme de cœur, de bonne âme...

Le mois dernier, dans une longue rue droite et dégagée, sans carrefour ni feu tricolore, un sens unique où l'on a tendance à accélérer fort, juste un passage piéton au beau milieu, j'aperçois deux jeunes avec leur iPod de merde, à se trémousser, dans une laine polaire quatre fois trop grande, le jean au milieu des fesses, qui attendent au bord du trottoir, pour traverser, j'imagine... roulais vite, alors, je pile, net, pied fondu sur le frein, stoppe parfaitement à la lisière du passage protégé, le scooter, le con ! qui me talonnait depuis 300 m, cherchant, telle une guêpe hystérique, l'espace de dépassement sur le côté, trop étroit, connard ! trop étroit ! je ruminais, les yeux dans le rétroviseur... alors, pile net devant le passage protégé, dis-je, et l'autre, derrière, qui s'empale sur mon pare-chocs, décolle vers les cieux, roule sur mon capot, et finit en pantin groggy-désarticulé sur ledit passage piéton... les ados arrêtent net leurs gesticulations, ôtent leurs écouteurs, se précipitent vers le corps à terre, je surgis de l'habitacle, hurle, franchement vénère : alors, on veut écraser les piétons ? petit con ! qui se redresse péniblement, sur son séant, enlève son casque, longue chevelure noire, joli minois métis-latino-star à la Jennifer Lopez, un peu blanchi par la trouille, le choc et la douleur, le con est une jeune conne de 20 ans maxi, je contourne mon break... non ! le pare-chocs n'a pas plié, le scooter est en miettes, mon capot, en revanche, est bien enfoncé, l'antenne de toit est arrachée, le passage du corps en somme... et la distance de sécurité ? et la vitesse limitée en ville ? petite merde grave ! les ados l'ont transportée sur le trottoir, l'ont assise dos au mur surchargé de tags, qui abrite la voie ferrée du RER, le plus vieux, à cagoule noire de gueux, a dégainé son portable, veut appeler les secours, elle a la jambe cassée, man !... oh ! oh ! deux minutes, avant les secours, le constat ! à l'amiable !... ben, pourquoi t'as pilé, man ?... pour vous laisser traverser, tiens !... on n'avait pas l'intention !... comment ça, pas l'intention ? à l'entrée du passage protégé ? foutez de ma gueule ?... tu descends l'adrénaline, kem ! on joint les secours, mon daron est infirmier, c'est fracture ouverte, ça !... quoi, l'os qui sort du pantalon ? bon ! faites chier les moucherons ! j'exhibe ma carte de presse, tricolore, à toute vitesse, remballe fissa et grogne : police ! avec leurs joints aux lèvres et leur herbe dans la poche n'insistent pas, saluent Jennifer Lopez et se cassent sans demander midi à quatorze heures... vais chercher le constat dans la boîte à gants, commence à remplir, retourne voir couche-culotte, qui veut partir en malaise, taratata, extirpe son portefeuille de la poche de son blouson, sacrés petits seins, bien fermes, nom de nom ! bon, c'est pas l'heure ! hé, la gamine, signe en bas, appuie fort pour le double, après, j'appelle les pompiers ! voilà, c'est fait, tu peux partir en coma, je remplis les cases pour toi, les secours sont là dans trois minutes, elle suffoque, livide, verdâtre... bouge pas, j'ai de l'eau dans la voiture et du chocolat, suis pas chien, etc.

C'était un coup d'essai, pas un coup de maître, au regard du temps perdu : constat, secours, réparations de la BMW... non ! cet après-midi, c'était plus exemplaire... l'occasion est rare, le tempo délicat : avenue à quatre voies, quatre ! j'insiste... feu rouge qui passe au vert, un couple de vieux qui s'apprêtent à traverser, une bagnole loin dans le rétroviseur qui arrive assez vite, qui va me doubler par la file de gauche, moi qui ne démarre pas au feu vert, mais qui baisse la vitre, interpelle les vieux : allez-y ! allez-y... la plupart du temps, ils remercient, mais refusent de traverser, trop dangereux, non, non, la lumière du petit piéton est allumée rouge ! non, merci, c'est trop tard !... on n'est pas pressés, monsieur, merci ! Or ce petit couple, là, pelotonné sous leur parapluie, l'averse est drue, elle a une mise en plis cheveux blanc neige à reflets mauves, lui une casquette tweed à carreaux et une canne, leurs mocassins souples prennent l'eau, sont grelottants, fragiles, timides, n'osent pas refuser, suis tellement empressé, priorité absolue aux piétons ! Ô mémoire vivante de notre époque finissante ! Respect aux aînés ! Gloire aux anciens ! Chaque vieux qui meurt, c'est une bibliothèque qui brûle ! etc. Et en boutade bienveillante : place aux jeunes ! sont flattés, sourient en hochant la tête, j'occupe bien leur attention pendant qu'ils traversent devant mon capot, ça y est, ils dépassent mon break, en terrain découvert, entament à petits pas sous leur parapluie, les yeux sur le bitume pour éviter les flaques, la file de gauche... l'autre gland mal lavé, derrière, qui pensait me dépasser fissa-feu-vert, sans décélérer, soudain, aperçoit les vieux dans sa trajectoire, freinage réflexe sur sol mouillé, ça ne suffit pas, va les hacher menu, direct, sous ses roues, alors il donne un méchant coup de volant, se retrouve sur les files en sens inverse, fauche un motard, pulvérise une Smart qu'il emporte avec lui sur le trottoir, puis deux piétons et une poussette d'enfant, ils finissent leur course dans une façade de boulangerie : cris, hurlements, fracas de tôles, vitres explosées, fumées, flammèches bleues qui s'élèvent au milieu des pâtisseries... Les vieux sont indemnes, en tachycardie et parkinson, pétrifiés, tremblants comme des feuilles d'automne sous leur parapluie que le vent a retourné en torche : dites, les croulants en balade ! faut pas traverser à l'aveugle, en cascadeurs ! z'êtes totalement irresponsables ! vous jouez avec la vie des autres, vous foutrais sous clé, moi ! en gériatrie ! vont être privés de pain pour plusieurs semaines dans le quartier... et démarre, lentement, nickel ! clean ! Vivaldi, *Les Quatre Saisons*, volume maxi, dans l'habitacle.

7

Fol amour

J'ai gardé la vue sur la mer... repasse le film, en boucle, vais mourir avec le défilement dans la tête... Quand il apparaît, en cette fin d'après-midi de juillet 63, c'est Apollon qui surgit, nimbé dans l'or de son soleil... il tient ses vieux parents par le bras, ils cherchent une table en salle, près de la devanture, puis ressortent s'installer en terrasse, sur le trottoir, souhaitaient voir l'agitation sur le Saint-Germain... J'ai gardé la vue sur la mer, ne regrette rien, la caravane est confortable, j'ai la voiture pour faire les courses, et mon labrador me tient compagnie, fidèle comme tous les chiens... ça ne s'explique pas : to fall in love, disent les Anglais, ce n'est pas même tomber amoureux, c'est tomber en amour comme en première ligne, sur le front, à la guerre, foudroyée quand c'est to fall in love, pour de vrai... Angelo a commandé un rhum aux fruits de l'île de Pâques, son père un rhum Rackham le Rouge, et sa mère un rhum caraïbe cannelle-vanille... n'oublierai pas la commande, il s'est esclaffé sur la dénomination des boissons, oui, bien sûr, c'est moi ! et Georges ! mon mari, qui inventons les titres ! cheveux bouclés bruns, de grands yeux bleu Méditerranée, timide, avec un sourire gêné et enjôleur à la fois... huit ans plus jeune que moi, un enfant... on a ri ensemble à propos de la carte des rhums, mais il suffisait de se regarder pour rire, on savait l'un et l'autre que c'était pour la vie, enfin, presque... ils avaient tous la peau hâlée, le père sec et noueux comme un bâton de marche, la mère quasi bossue, à moitié édentée, coiffée d'un fichu noir de veuve éternelle... des paysans à Paris, découvrant la capitale et picolant du rhum... Angelo est revenu, seul, le lendemain, et les jours suivants, toujours à la même place, c'est moi qui sers la clientèle en terrasse, Georges dit : ta beauté irradie le Saint-Germain, ils te voient, ils fondent comme des criquets sur les blés, à nous la gloire !... pauvre Georges... difficile d'arracher un premier rendez-vous quand on est rivée à son travail, les mensonges qui fleurissent alors, fleurs vénéneuses, toxiques... La Rhumerie, on l'a ouverte en 1949, un 1er avril, ô printemps !

j'ai 19 ans, Georges 28, on s'est mariés la même année, ils sont tous clients chez nous : la Greco avec Gainsbourg et Raymond Queneau, Boris Vian, Montand et Signoret, Sartre et Beauvoir, Jeanne Moreau, Miles Davis qui gare sur le boulevard en double file une interminable Cadillac rose, Maurice Ronet, Michel Legrand, Dorléac, Picasso... la liste est sans fin... Signoret, déjà fiancée, et Montand s'échangeaient des regards, de loin, puis se retrouvaient en cachette, on avait si bien repéré le manège avec Georges qu'on servait de boîte aux lettres pour les mots doux et les rendez-vous... oui, une belle décennie, fiévreuse, pleine d'élan, de commencements... pourquoi a-t-il fallu qu'Angelo passe par là ? c'est vrai, j'ai gardé la vue sur la mer !... un berger corse, ma pauvre Juliette ? Qu'est-ce que tu vas aller foutre avec un berger ? corse ? dans les montagnes corses ? tu veux nous réécrire l'*Astrée*, ou quoi ? non, je vais la vivre, Georges !... On a divorcé, j'ai vendu mes parts, un bon pactole à l'époque, et suis partie m'installer avec Angelo dans sa bergerie : sol en terre battue, murs chaulés, une table, quatre chaises, un lit, une cheminée et, dehors, une terrasse à l'ombre des vignes et des figuiers, à 600 m d'altitude, avec la vue sur la mer... j'ai investi l'argent dans un immeuble, au-dessus de Calvi, une douzaine d'appartements en location... un revenu confortable en plus des chèvres et des moutons, et l'idylle pastorale jour après jour... pendant dix-huit mois qui ont brûlé comme dix-huit jours... On a enterré ses parents l'année suivante, ses oncles sont descendus de Paris pour la cérémonie, Angelo est devenu soucieux, inquiet, irascible... ses longues absences dues à la surveillance et au mouvement des troupeaux se sont multipliées, il refuse que je l'accompagne... une année durant, me consume à l'attendre de lancinantes semaines... ne t'inquiète pas, ma Juliette, tout va bien... la pire phrase, de celles qui engluent dans la peur et le soupçon... et puis, un soir d'été sur la terrasse, dans la douceur de l'air, le parfum des figues, la stridulation des cigales, Angelo, rongé d'angoisse, m'avoue dans un murmure des trafics d'armes, de cigarettes, d'alcools de contrebande, crois deviner des renversements d'alliances, des trahisons entre clans et familles... nous avons assez d'argent, Angelo ! pourquoi prendre de tels risques ? arrête ! occupe-toi du troupeau ! on n'a besoin de rien, on est bien ainsi... il s'énerve, en homme du Sud, fier, torero... ce n'est pas mon argent ! il crache... un mois plus tard, un pick-up noir surgit dans le chemin de la bergerie, se gare devant la terrasse, c'est un après-midi écrasant de soleil, le paysage vibre dans l'immobile fournaise... ici et là, des incendies dévastent le maquis... trois hommes cagoulés sortent du véhicule, ils traînent Angelo, le visage tailladé, l'œil gauche sanglant, la pommette ouverte, les lèvres écrasées, l'assoient sur une chaise... c'est toi, Juliette Desforest ? ils jettent une liasse d'actes notariaux sur la table, me tendent un stylo : signe, dépêche !... signer quoi ?... la vente de ton immeuble, dépêche !... non, je dis, non ! l'un d'eux sort un énorme pistolet chromé de sous sa veste, il n'hésite pas, tire une balle dans le genou d'Angelo, j'ai du sang sur ma robe, mon berger se tord de douleur à mes pieds, sans un cri, sans un gémissement... ne signe pas, Juliette, il murmure... je signe aussitôt, tremblante, l'ensemble des actes, feuillet après feuillet, ils récupèrent les documents, me giflent, me poussent dans la bergerie, me violent tous trois, avec des rires gras, obscènes... t'entends, Angelo, comme on la fait jouir, ta femelle ? elle halète comme une chèvre en rut !... j'ai perdu connaissance, longtemps, me suis réveillée à la fin du jour, c'était un silence de village dévasté, de gens massacrés, tout est en désordre et fracassé, et dehors, dehors... le chien, plusieurs chèvres et moutons baignent dans une mare de sang, et puis... et puis, dans le figuier, oui, la tête pendue par les cheveux, la tête de mon Angelo, la tête seule, le visage méconnaissable, boursouflé, sans yeux, juste une icône d'absolue barbarie, le corps, on l'a jamais retrouvé... ai descendu sa tête de l'arbre, sa tête adorée, mon Dieu ! l'ai enveloppée dans un linge blanc, l'ai gardée sur mes genoux et dans mes bras jusqu'au soir... Et quand on l'a enterré, j'ai exigé qu'il le soit dans le cercueil d'un homme de sa taille, même si dans l'île personne n'ignorait le crime... les assassins devaient faire partie du cortège, j'imagine... j'ai abandonné Angelo et l'île maléfique, et avec le peu d'argent que j'avais encore à la banque, j'ai acheté ce bout de terrain au-dessus d'Antibes, voilà mon histoire !

Tu inventes, Juliette ! tu inventes !... ça ne s'est pas passé ainsi... oui, tu as quitté Georges et La Rhumerie, tu as tout quitté, famille, amis, pour aller vivre avec ton berger sur l'île de Beauté, dans cette maison de chevrier au-dessus de la mer, parmi les effluves de figuiers et d'eucalyptus... oui, l'idylle pastorale a duré quelques mois... mais quand vous vous êtes mariés, toi et Angelo, tes parts de La Rhumerie, ces parts investies dans un petit immeuble au-dessus de Calvi, sont tombées sous le régime de la communauté, tous deux en êtes devenus propriétaires, et Angelo a tôt fait de faire hypothéquer le bien avant qu'il ne soit saisi par les banques, tant il avait dilapidé vos revenus en dettes de jeu... il t'expliquait qu'il avait doublé le cheptel, qu'il négociait l'achat d'une ferme fortifiée pour y installer une bergerie et une fromagerie, ce serait bientôt un élevage et une industrie agroalimentaire de référence en Corse... ce qui te dévorait alors, c'étaient ces douloureuses journées d'attente, ces soirées et ces nuits, seule, où il s'occupait des travaux, partait loin acheter de nouvelles bêtes, conduisait soi-disant les troupeaux d'un versant de montagne à l'autre, sans jamais t'emmener avec lui... et quand tu as été enceinte, ta solitude fut plus âpre encore, ton abandon sans espoir, ignorant que vous seriez bientôt ruinés... oui, il ne vous restait que cette masure, une table, des chaises, un lit, une cheminée, et dehors cette terrasse, embaumée de lourds parfums, d'où l'on admirait la mer, à perte de vue... c'est vrai, une voiture noire a surgi un après-midi dans le sentier, oui, trois hommes cagoulés traînaient Angelo, le visage tuméfié de coups... oui, ils lui ont explosé le genou d'une balle de gros calibre, oui, ils t'ont violée sous ses yeux dans cette chaleur de chien... oui, tu as perdu l'enfant, perdu connaissance, ton Angelo te trompait avec toutes les filles qu'il rencontrait dans ses soirées de tripot, jusqu'à ce qu'il couche avec l'épouse d'un parrain de la pègre, et que sa mise à mort soit décidée, de la pire façon : bastonné, émasculé, décapité, ils ont dû jouer à la balle avec sa tête avant de la suspendre à cette branche de figuier... ton bel Angelo, l'amour de ta vie pour qui tu as tout abandonné... oui, tu as gardé la vue sur la mer, celle d'une photographie prise de là-haut, le figuier du pendu est au premier plan sur la gauche, on voit la terrasse en pierre, un buisson de roses églantines, la garrigue qui dévale, et la mer d'un bleu de paradis qui envahit toute la largeur de l'image, sous un ciel radieux, dans une lumière cristalline, oui, tu as gardé la vue sur la mer, une photographie agrandie que tu as punaisée face à ton lit dans cette pauvre chambre aux murs pisseux, dont l'unique fenêtre, étroite et grillagée, donne sur la cour de l'hôpital, coincé entre une déchetterie et un échangeur d'autoroute, dans la banlieue industrielle de Toulon... Quand vas-tu admettre la réalité de ta vie, Juliette ?

Que j'admette quoi ? outre l'horreur, qu'astu à me proposer ?

8

La chaîne du froid

J'avais un réel amour pour ma femme !... l'aime encore... ne mérite pas ça ! Quinze ans d'un mariage sans accrocs... et sans enfants... on a essayé d'en avoir, au moins un ! on a relevé les courbes de température, calculé les trajectoires respectives de la lune et du soleil, leur passage au point x et x', on a copulé à l'instant médian du jusant des marées d'équinoxe, stocké des réserves de sperme au congel, qu'on réinjectait dans son utérus à l'heure-minute-seconde idoine, genre mise en orbite d'une station spatiale ! que nenni... problème d'ovulation, d'incompatibilité génétique, de déficience et même d'incapacité motrice des spermatozoïdes à remonter le courant, d'où mon admiration sans bornes pour l'exploit fourni par les saumons d'Alaska... enfin, on nous a tout raconté, les versions sont libres et variées... Ah ! si un divin enfant était né de notre union, sans doute on... bref, on a eu beaucoup de chiens, quatre encore animent le jardin et le pavillon : un labrador, un fox-terrier, un berger des Pyrénées et un chihuahua... Brigitte est mère avant tout, il lui faut prodiguer son amour à des êtres vivants, et les êtres le sont plus ou moins... la raie et l'anguille nous sont fort lointaines au regard du chien ! quand je dis « mère », attention ! Brigitte est femme, également ! femme, très ! toujours en bas-noirs-porte-jarretelles, soutien-gorge à balconnets, décolletés profonds, minijupes, talons aiguilles, et, le plus souvent, la moule à l'air... supporte mal d'être emprisonnée, dit-elle, les culottes, même les plus légères, les plus vaporeuses, lui produisent comme une allergie mentale, de l'urticaire dans le cerveau, en somme... et puis, la voie est libre, sourit-elle, pour toute érection impromptue... soudain, je surgis par-derrière, trousse sa jupe plissée, découvre ses fesses blanches serties dans un porte-jarretelles noir, la cabre contre le buffet Empire, elle m'ouvre sa vulve... ou alors me mets à quatre pattes sous la table Louis XVI, quand elle dîne, ou au pied du canapé velours prune Restauration, quand elle feuillette ses magazines, son chihuahua sur l'épaule, et c'est parti pour le

7e ciel... c'est une chaude, ma Brigitte, l'ai déjà surprise à s'astiquer le crustacé sur le rembourrage du fauteuil Napoléon, elle m'a ordonné de finir le travail, immédiatement ! si je voulais être de la marée montante, j'étais soucieux, stressé par mon travail, ai participé de la langue et des doigts, coït lingual/coït manuel comme on dit oui du bout des lèvres... l'écoutais distraitement hurler : oui ! oui ! du fond de ses tripes...

On s'est connus de la façon la plus improbable qui soit... suis représentant auprès de centrales d'achat partout en France, démarche pour trois sociétés d'élevage en Europe du Nord : saumon, truite, écrevisse... s'agit de convaincre de la qualité du produit, de sa fraîcheur, de son faible coût, de l'attraction clientèle pour les produits de la mer... croise les doigts, n'ai jamais eu d'avanie grave en trente ans de représentation, mais suis toujours sur le pont ! 85 000 km par an à naviguer sur les routes de France... et ce soir-là, un vendredi 13 (printemps 86), tombe en panne avec ma Citroën, une CX marine métallisé, neuve ! une fuite dans la suspension ! impossible de réparer dans la soirée, me trouve bel et bien coincé à Besançon... je prends une chambre d'hôtel, au hasard, sur une place historique où se tenaient la foire aux fromages et un bal de province, quasi dans les effluves de reblochon, morbier et cancoillotte ! m'ennuie, désœuvré, assis à la fenêtre, le coude sur la barre d'appui en fer forgé, à brûler des clopes, observant les lampions multicolores, les couples de danseurs, les enfants qui courent autour de la piste, l'orchestre régional qui scintille en spots et paillettes. J'adore danser : valse, rumba, tango, rock, ska, twist, jerk, enfin, tout, gigoter avec élégance au son des instruments... alors, souhaitant noyer mon désarroi, j'enfile costume outremer sur polo sable et descends baguenauder près de la piste... repère une jeune femme rousse, 26 ans, qui bouge tout en volupté, sensuelle, liane, naïade, sa peau d'abricot perlant d'une rosée du soir, dans sa robe fleurie, légère, à mi-cuisse, ses seins pleins et ronds frémissant direct sous le tissu imprimé, sans soutien-gorge... jusqu'à moi-même en avoir des serrements de gorge... quatre ou cinq mâles en rut s'agitent laborieusement autour d'elle, à contre-temps, raides, des manches d'épuisette, en pantalons trop courts pour partir à la pêche, des cols de chemise larges comme des escalopes de thon... le ridicule ne tue pas, la preuve ! alors je fends la meute, l'invite, elle sourit, dit oui, danse telle une sirène ensorceleuse, une algue dans le courant, souple, ondulante, fluide, à 42 ans, je bandais comme un marin turc, la crampe définitive, un mât de misaine dans mon pantalon... ah, Brigitte !... on s'est retrouvés au bal du lendemain soir, on a continué la danse initiatique dans ma chambre toute la journée du dimanche, j'ai annulé mes rendez-vous de la semaine suivante, elle vivotait dans un minuscule meublé donnant sur la rivière, faisait, paraît-il, du secrétariat pour un vieux beau, guérisseur, médium, sourcier, cartomancien, une espèce de notable de la ville, ayant table ouverte chez le maire et le préfet, elle avait déjà dit adieu à ses parents adoptifs, la veille de ses 18 ans, un couple de fermiers bûcherons établis non loin de la frontière suisse, j'ai compris que le vieux satyre de père et le fils aîné avaient largement abusé d'elle dès son plus jeune âge... L'ai embarquée dans la CX avec sa petite valise vert océan, et sommes rentrés chez moi, à Villeneuve-Saint-Georges... on s'est mariés le mois suivant, et vogue le navire !... attention ! si j'évoque ainsi l'idylle de notre incroyable rencontre si peu ordinaire – liée à une fuite dans la suspension, quand on y pense ! – ... c'est que... enfin, voilà... c'est peut-être un simple problème d'hormones, mais à force de la surprendre, lorsque je rentre d'une tournée, à s'astiquer le coquillage sur le rebord d'un fauteuil, j'ai développé une sorte d'inquiétude... ne parle même pas du velours prune taché d'une espèce de patine incolore de jus de moule, dame ! à force... non, juste cette inquiétude sourde... alors j'ai voulu redresser la barre, qu'elle soigne son déséquilibre hormonal ! et puis je m'absente moins longtemps, l'entoure d'attentions... l'autre dimanche, elle prend le soleil, endormie dans un transat, vêtue d'une simple nuisette de soie rouge, le berger des Pyrénées entre ses cuisses, quasi sa truffe dans la chatte de ma bergère, ça dormait du sommeil du juste, innocents, une jolie scène où se mélangeaient chevelure rousse flamboyante, chairs roses, soie rouge, pelage ivoire à poils longs, dans une harmonie presque sauvage... saisis l'appareil photo... ah, non ! mon intuition artiste me crie qu'il manque quelque chose ! c'est... c'est trop minéral tout ça ! la terrasse blanche, le mur du pavillon, voilà ! dans l'harmonie retrouvée de la femme et de l'animal, c'est la nature qui manque, la nature ! alors, en silence, à pas de félin, dispose autour du transat tous les pots de fleurs disponibles... un parterre bientôt multicolore embaumant les corps endormis... clic-clac, commence à prendre des photos sous tous les angles, grimpe sur un escabeau pour composer des clichés en vue plongeante et surplombante, clic-clac... nom de Dieu ! elle ouvre les yeux, réveillée par le bruit de l'appareil, geint d'être interrompue dans son rêve érotique, c'est vrai qu'elle a les lèvres mouillées-dilatées, en fruit mûr... elle découvre les haies de fleurs qui la cernent, repousse la tête de notre berger, se lève précipitamment, la main dans l'entrejambe, à se travailler le clito, Maurice, merde ! Maurice, c'est quoi, ce cirque ? ! tu m'embaumes comme une momie, tu me fleuris comme une star du showbiz en infarctus pulmonaire, c'est la veillée funèbre ! t'es frappé, ma parole ! tu veux ma mort prématurée ? me regarde pas avec ces yeux de poisson sec !... ? ?... oui, parfaitement ! à force de vendre du poisson, de parler poisson, t'es devenu poisson... cerveau de cabillaud, va ! elle balance des coups de pied dans mes pots, piétine les fleurs, un génocide horticole, le Vietnam sous bombardement d'exfoliants, une salive âcre m'envahit la bouche, lui balance deux claques à déchausser les molaires, déchire la nuisette, renverse ma Brigitte dans les débris de bacs plastique, le terreau éparpillé, les feuillages déchiquetés, la viole dans l'humus de pétales écrasés, on est noyés dans les essences sucrées écœurantes de géraniums, roses, glaïeuls, hortensias, elle me griffe les yeux, les joues, les lèvres, elle hurle : salaud ! oui ! oui ! plus fort !... le cabillaud qui chevauche la morue, hein, Brigitte ? hein ? ah, le formidable travail des reins, des hanches, de la croupe ! nos quatre chiens, en cercle, le cul sur le faux marbre de la terrasse, nous matent, d'un air hagard ponctué de jappements... ce jour-là, on s'en est bien sortis, un coït spectaculaire dans les pots, la terre et les fleurs, genre « la vie des loups » plutôt que la vie des poissons, d'ailleurs si abstraite ! mais la scène horticole a tout de même déréglé nos rapports : on est devenus plus méfiants, plus soupçonneux l'un envers l'autre, comment dire ? ça correspond pile poil avec son basculement dans la quarantaine, ma Brigitte en est métamorphosée, c'est une espèce de rage cannibale, une envie féroce de dévorer le monde, qui la suffoque... ses canines s'allongent, la dentition d'une murène... comme je le notifiais plus haut, la sens malheureuse et perdue, j'ai donc raccourci la durée de mes voyages, et, de fait, la surprends souvent avec le réparateur d'électroménager, le plombier, le facteur, le médecin, le curé, comme si elle sabotait le four, le frigo, la tévé, comme si elle explosait la robinetterie, engorgeait les tuyaux, signait à tour de bras des recommandés, souffrait du ventre, des ovaires et de l'âme ! le tout cumulé une bonne fois par semaine... ne supportant plus d'être seule un seul jour, même en compagnie de nos quatre chiens... ne m'a-t-elle pas supplié d'en acheter un cinquième, un doberman ? mâle !... de fait, elle reçoit ses réparateurs en talons aiguilles, bas-porte-jarretelles et déshabillé satin froufroutant... la retrouve à quatre pattes, la tête sous l'évier, à comprendre comment le plombier passe le furet et cure le siphon, à genoux les mains en prière, se confessant aux pieds du curé nonchalamment assis sur un tabouret, ou encore allongée sur la table Louis XVI quand le médecin l'ausculte... ce n'est pas une tenue, Brigitte ! j'ai fini par lui assenner des torgnoles, qu'elle s'habille plus chaudement !... il ne dit rien, le curé ? t'écoute avec attention ? oui, elle sanglote, il ferme les yeux pour mieux entendre, il convoque la Grâce... les joues en feu, la pommette enflée, la lèvre ouverte, elle me susurre dans un demi-sourire : ne t'inquiète pas, mon requin-léopard, c'est toi que j'aime... message reçu, elle met une robe, depuis ! enfin, très progressivement, les appareils électriques sont moins tombés en panne, comme si le champ électromagnétique du corps de ma nymphe avait changé d'impédance ; la tuyauterie s'est moins engorgée, comme si elle ne jetait plus, en état d'hypnose, des casseroles de riz dans l'évier et du coton démaquillant dans les lavabos, et puis son âme elle-même s'est comme allégée, purifiée, ses ovaires ont mieux ovulé... plus de technicien, de plombier, de curé, de médecin, à la maison... c'est le facteur, en revanche, qui aurait dû me mettre sur la piste...

Voici : mi-juin, m'en reviens d'une tournée harassante dans le Limousin, où j'ai vendu en commandes fermes : 900 kg de saumon, 450 d'écrevisses, 1,5 tonne de truites bleues... colle l'accélérateur au plancher, avale l'autoroute, les seins et les hanches de ma sirène en vision hologramme dans mon pare-brise feuilleté ! Veux être rentré le jeudi même, sans délai, et passer trois jours à l'impromptu avec elle ! ah ! son cul ! sa nuque ! sa chatte ! un vrai retour de flamme... et elle, la bougresse ! qui me saute au cou dès mon arrivée, ses cuisses m'enserrent la taille, une méduse, nue dans une sorte de voilage mauve, ne m'y attendais pas, vacille, pars en arrière, ma longue pratique du rugby me sauve, cambre les reins, pousse sur la pointe des pieds, rétablis l'équilibre... et on bascule dans le canapé Restauration, par-dessus le dossier : ah ! la petite rascasse qui monte furieusement en température dans ses mouvements de voiles !... qui m'arrache les boutons de ma braguette, dégaine mon vit qu'elle tète, lèvres en ventouse, tel un poisson gobie la vitre de l'aquarium... ah ! les belles retrouvailles ! quand on y songe, après quinze ans de vie conjugale, c'est beau, me dis-je ! inondant de foutre son visage radieux... Bref ! le vendredi matin, Brigitte dormait, dans l'innocence abandonnée d'un ange descendu sur la terre... pars sur la pointe des pieds faire un plein de courses au centre commercial de Vélizy 2, suis euphorique, achète de grands crus, de la sole, du homard, du crabe, des huîtres, de quoi banqueter trois jours durant, rentre vers midi, mets la clé dans la porte, entends un hurlement rauque, déchirant, ouvre la porte, découvre le facteur qui titube dans l'entrée, un masque de mort, oui ! livide, crayeux, sur son visage de jeune Sicilien bouclé, il avance plié en deux, comme s'il perdait ses viscères, pas un mot, juste un râle à faire peur... m'efface sur son passage, pétrifié... il sort... crois voir du sang goutter sur le gazon, il se traîne jusqu'à la Renault jaune de la Poste, démarre en trombe, avec des coups de volant, une trajectoire saoule... des lettres jonchent le sol, je crie, paniqué : Brigitte ! Brigitte !... silence de catacombes... Brigitte ! ?... oui, darling ! suis dans la salle de bains ! j'arrive !... ah, bon, ouf ! pars dans la cuisine ranger les courses, elle me rejoint tout sourire, nue sous une combinaison orangée fond corallien, talons hauts, bas gris à couture, qu'est-ce qu'il a, le facteur ? il est sorti d'ici dans un état !... ah, bon ? n'ai pas remarqué... comme, comme quelqu'un qui a des colites ! néphrétiques ! cassé en deux... colites spasmodiques, alors, méphitiques... méphistophéliques, peut-être ! et le fou rire nous prend... elle commence à me travailler l'entrejambe, s'assoit sur le bord de la table en Formica, la moule ouverte et brûlante, je passe les détails... on prépare enfin le déjeuner, un repas de gala, je bois beaucoup, m'effondre dans le lit pour une sieste de plusieurs heures, épuisé par ma semaine de travail et les ardeurs de mon épouse, me réveille à la tombée de la nuit, Brigitte est assoupie sur la moquette du salon, en enlacements fusionnels avec nos quatre chiens... passe par la cuisine, décapsule une bière, range le foutoir, trop de nourriture encombre la table, décide la congélation ! ouvre le compartiment ad hoc, des trucs traînent là depuis si longtemps... trie, veux faire de la place, jeter de vieux restes qu'on ne mangera jamais, tombe dans le fond du fond du congelo sur cinq barquettes polystyrène bizarrement étiquetées : Gérard/13 mars 2006, Yvon/12 avril 2006, Simon/13 avril 2006, Victor/13 mai 2006, Mattéo/13 juin 2006, aujourd'hui donc ! et sous le film plastique, bien au centre, telles des quenelles de brochet blanchies par le gel, cinq bites, phallus, verges, braquemarts, queues, vits, biroutes, dards ! c'est tout le dictionnaire qui me coule, glacé, dans le cerveau et la moelle épinière, oui, cinq bites conditionnées dans leur emballage d'origine, fraîcheur garantie, provenance et traçabilité inscrites sur les paquets, cinq bites tranchées à dents nues, par celles de ma murène, suppose-je, oui, j'ai les mains qui tremblotent, manque lâcher celle de Victor, fourre le tout au fond du congelo, referme la porte, suis assailli d'une bloblote-parkinson convulsive, suis noyé dans une vague de défaite et d'amertume, une pensée aiguë et douloureuse me submerge : c'est un cas de divorce, ça... non ?

9

Dimanche

Le trois-pièces sous les toits est dans un sale état... le tartre recouvre uniment lavabo, baignoire, W-C d'un film mat tournant brun clair, ledit lavabo est bouché et l'évier de la cuisine fuit, le linoléum se décolle, jaunit, les plafonds mansardés cloquent, les murs s'écaillent... Écoute ! je ne vais pas commencer des réparations alors que je m'en vais !... Et la table ? et les chaises ?... Je les ai données à Yolande, n'en ai plus besoin... parce que, quand elle va déménager chez lui... enfin, réalise ! il a tout chez lui, je ne vais pas débarquer avec une table de salle à manger en chêne massif et mes six chaises !... oui, mais elle mange où ? puisqu'il n'y a plus de table non plus dans la cuisine... elle écrit son courrier où ? elle a son tabouret et ses genoux, cela suffit bien, en attendant... tu dis « lui » ! tu dis « il » ! mais, c'est qui, lui/il ?... c'est Jacques !... ah ! et il habite où, Jacques ?... oh ! il a une belle maison dans un parc, à Saint-Cloud, il est médecin, et directeur de clinique !... et tu déménages quand ?... dimanche ! il a des amis qui ont une entreprise de déménagement, ils viendront dimanche, c'est leur jour de repos, il y a moins de circulation sur les routes... dimanche, c'est demain... oui, tout est emballé, tu vois ?... en effet, toute sa vie tient en une vingtaine de cartons et deux valises... la vitrine d'angle et les étagères sont vidées, plus une photographie, plus une image au mur, pas même un christ, rien... ne reste que les draps de lit, une assiette, un saladier, une paire de couverts, et quelques vêtements de récupération, toujours les mêmes, dans l'armoire vide de la chambre...

Je la retrouve le dimanche soir, assise sur son tabouret, près de la porte d'entrée, ses valises à ses pieds, dans son imperméable beigeasse, prête à partir... ils ne sont pas venus... ils arrivent, je te dis, sont pris dans un bouchon, les rentrées de week-end... Jacques a téléphoné ?... c'est inutile, je sais, ils ne vont pas tarder... ce n'est pas de chance, l'autre dimanche, le camion tombe en panne... le dimanche d'avant, ils crèvent un pneu... et dimanche dernier, se sont perdus dans la banlieue... ont tourné plusieurs heures, puis, découragés, sont rentrés chez eux... tu me passes le téléphone de Jacques, je vais le joindre, voir ce qu'il en est... mais, elle n'a pas son numéro de téléphone, c'est lui qui appelle, toujours, il ne faut pas le déranger, il travaille beaucoup, tu sais.

Ils se sont connus il y a maintenant trois ans, se sont croisés dans la rue des Chrysanthèmes, chacun cheminait sur un trottoir, elle rentrait chez elle, il se rendait à la gare, leurs regards se sont télescopés par-dessus la chaussée détrempée de cet après-midi pluvieux et froid, elle a su que c'était lui... aussitôt... Et puis ?... et puis c'est tout, c'est déjà pas mal, non ?... et il connaît ton nom, ton numéro de téléphone, ton adresse ?... oh, ce n'est pas comme ton père, il n'a pas les deux pieds dans le même sabot ! assurément... mon père qui s'occupe de ses courses, ses comptes, ses impôts, son courrier, qui accourt à la moindre alerte de santé... oh ! c'est pour lui faire plaisir qu'elle accepte ! mais, elle, ça lui pèse jusqu'à l'insupportable... oui ! Jacques a trouvé, lui ! et puis, on n'a pas besoin du téléphone pour communiquer... elle disait pourtant que Jacques avait tourné en rond, sans trouver sa rue, la rue André-Jumeaux, au n° 13, c'est facile à retenir !... Oui, c'est bizarre, n'ai pas compris ce qui s'est passé... le mois dernier, elle était descendue, empruntant l'escalier métallique extérieur, glissant, mal éclairé, oui, vers minuit, avec une lampe de poche, s'est mise en vigie une bonne demi-heure, à l'entrée de la rue, pour émettre des signaux, éclairer sa route, tel un phare dans la tempête... le pauvre ! il a erré en vain... et la colère qui monte et m'envahit... car cela fait trois ans qu'elle chemine entre ses cartons, deux ans que le réfrigérateur est débranché, un an qu'il n'y a plus ni table ni chaises, six mois que les plaques de cuisson ont été jetées à la poubelle, que les vêtements sont pliés dans ses valises, qu'elle se vêt comme une clocharde avec des espèces de joggings-pyjamas distendus et pelucheux !... Tu ne comprends pas, mon petit garçon !... oui, c'est vrai, n'ai que 50 ans... tu ne comprends pas ! il était gravement malade, un cancer... comment voulais-tu qu'il vienne me chercher ? hein ? dans son état ? il fallait patienter... je l'ai soigné, à distance, il est guéri, à présent, on va pouvoir commencer une nouvelle vie, heureuse ! tu verras, mon chéri, une vraie vie de famille... mais, nom de Dieu, il est 9 h du soir ! on ne déménage pas la nuit, un dimanche !... écoute, laisse-moi tranquille ! il va venir !... ses traits sont crispés, son visage se tord, son regard fulmine, ses yeux s'emplissent d'une rage presque haineuse, ils me traversent, me brûlent, me tuent... Tu m'entends ? si c'est pour me désorganiser ! laisse-moi vivre ma vie... très bien, alors à dimanche ?... non, je serai partie ! ne t'inquiète pas, je passerai te voir, avec lui... tu verras, c'est un homme merveilleux !...

10

Air conditionné

... les bilans ne sont pas bons... le chef de produit déconne... emporté par l'euphorie des chiffres de l'année dernière, il nous a convaincus, pas moi ! d'investir beaucoup dans une diversification de la gamme cassoulet et lentilles cuisinées :

– avec jarret.../... avec saucisses.../... avec palette...

– version terroir.../... version artisanale.../... version « vit'prêt ».../... version végétarienne... il a même ajouté une version exotique : *chili con carne* avec haricots rouges !... l'analyse des segments semblait cohérente, mais l'élargissement de l'offre a brouillé l'image de la marque et sa force de frappe qui étaient jusque-là fondées sur deux qualités de produits : bocal en verre et boîte de conserve, que ce soit pour la choucroute, le cassoulet, les flageolets, petits pois, pois cassés et lentilles... deux qualités, stop ! l'investissement publicitaire a également pesé très lourd, et après huit mois de mise en place dans la grande distribution, on n'a rien gagné en part de marché, on a même reculé sur les produits habituels ! c'est la merde ! je n'ai jamais aimé ce type, trop sûr de lui, dans ses costumes Boss et Armani, qui joue les révolutionnaires du cassoulet !... oui, il vient de contracter un pharaonique emprunt pour son appartement à Neuilly, sa femme aurait accouché de triplés, n'avait qu'à pas la doper aux hormones ! rien à foutre, on l'a trop gavé, il est viré, trouvera bien un poste de gérance dans une épicerie de proximité... de toute façon, si son futur employeur a le malheur de nous joindre pour fouiller dans les antécédents professionnels de M. Jérôme Guichard, je crame le zig, il nous a trop fait perdre d'argent, ça commence à suinter dans la concurrence...

C'est un poste à responsabilité très bien rémunéré, l'heureux élu chapeaute tous les chefs de chaque produit, négocie avec les fournisseurs et circule dans les sites de production, toujours à l'affût d'une meilleure productivité et de saveurs plus attractives. J'ai longtemps occupé cette fonction avant de devenir directeur général pourvu de deux adjoints, avec un conseil d'actionnaires et un président-directeur au-dessus de nos têtes... il y a des moments, j'ai envie de retrousser les manches et de me remettre au travail sur ce poste, tant je les trouve incompétents ! tous ! trop d'inertie ou trop de changement... On a lancé un appel d'offres, on a présélectionné cinq candidats solides, trois hommes et deux femmes, avec lesquels on part en séminaire le 6 juillet pour trois jours dans un hôtel de luxe des Yvelines, à la fin du séjour, on saura qui remplace ledit Guichard... je pars avec mon DRH, mon directeur commercial, et trois assesseurs du cabinet en conseil de recrutement ID Engineering... onze chambres sont réservées, deux salles de réunion, on transforme le rez-de-chaussée en assessment center ! Les cinq candidats ont une petite trentaine, tous bien sapés, sans ostentation, costumes, tailleur, robe et blazer... j'en ai déjà éliminé deux : Joseph Traoré, d'origine malienne : ne vois pas le rapport entre un nègre et le cassoulet ! supposons qu'il soit animiste, il va nous invoquer l'esprit de la terre et de l'eau pour favoriser les récoltes, nous comparer l'esprit du bœuf et du cochon, et avec sa peau de cirage, je l'imagine mal inspecter les sites de production, négocier avec les coopératives agricoles... franchement !... quant à

Sephora Aménidès, malgré sa robe fleurie, son chignon, ses bijoux, et son blazer pomme, elle est grosse comme une vache et boutonneuse, se nourrit mal, peut-être bouffe-t-elle trop de nos produits ou de fast-food, de toute façon, ça fait mauvais genre dans l'industrie agroalimentaire... ces deux-là auraient dû rester chez eux... enfin, c'est une intuition, ne dis rien, suis avenant, on est attablés devant des Perrier et des jus de fruits, au bord de la piscine, dans le soleil du matin... je présente les trois assesseurs, Brigitte, Marc et Alain, mes directeurs, Philippe et Jacques... expose brièvement le motif de ce séminaire, le programme qui nous attend chaque jour, distribue un récapitulatif des épreuves, s'agit de briser la glace dans un small talk à bâtons rompus... précise aussitôt, afin d'égayer ce petit monde, qu'il y a relâche entre 14 h et 16 h 30, afin de profiter des installations de l'hôtel : piscine, sauna, jacuzzi, massage, golf 18 trous, afin de se détendre, de lâcher les tensions... tous les repas sont gracieusement offerts par notre entreprise, seules les chambres, 130 euros par nuitée, sont à la charge des candidats, repère mon Malien qui a la glotte affolée, quelques gouttes de sueur sur le front, berk ! c'est comme ça quand on veut jouer dans la cour des grands, je lui envoie, silencieusement, en ondes électromagnétiques... il a saisi mon regard, fixe ses chaussures, belles d'ailleurs, des copies de Lobs, probable... les candidats sont suffisamment intelligents pour savoir que l'examen a commencé dès leur apparition dans le hall de l'hôtel, et que cette rencontre informelle dans un cadre vacancier est déjà une évaluation... Allez, hop ! installez-vous dans vos chambres, on commence en salle 06 dans une demi-heure. Les trois autres candidats m'apparaissent plus crédibles : Julien Lafarge, le plus jeune, 29 ans, blond, le cheveu souple, de bonnes joues, complet gris, souriant, avenant... Ismaël Abderhamane, 36 ans, beur 1re génération, paraît sérieux, sportif, vêtu avec élégance, parle aisément, sait instaurer immédiatement le dialogue... Elsa Kaufmann, 31 ans, blonde, elle aussi d'un goût recherché, beaucoup de charisme, très belle, une espèce de Madonna de la grande époque, des formes, un sex-appeal ravageur, avec l'air de ne pas y toucher...

La première journée a donc été consacrée aux exercices individuels et de personnalité... le test de l'inbasket a permis de repérer les premières défaillances... le scénario proposé est un retour de vacances avec monceaux de courrier papier sur le bureau et de mails dans la messagerie électronique... comment gérer tout cela sous pression, dans la première heure, analyser, juger et prendre des décisions : faut-il exécuter certaines tâches, déléguer, prendre des rendez-vous, dans quel ordre de priorité ?

Les candidats avaient à leur disposition un ordinateur et un agenda électronique, leur capacité à planifier les urgences était le but de l'épreuve... en aucun cas il ne fallait déléguer les affaires concernant le personnel, cette question se traite personnellement, en chef de service ! le jeune Julien a paniqué, et Sephora voulait tout déléguer, cool, loukoum, pas investie... les autres se sont bien débrouillés... quant au moment de détente au bord de la piscine, il fut très édifiant : Joseph est demeuré en costume-cravate-chaussures, transpirant sous un parasol, à lire un pensum d'Ulrich Boehm sur la société merchandising... Julien, plus relax, en short sur un transat, parcourait les journaux financiers avec son iPod branché dans les oreilles, et Sephora faisait des réussites en bouffant des chocolats... seuls Elsa et Abderhamane se sont baignés ! ils nagent bien, et elle a un corps de rêve... heureusement, j'avais mes lunettes noires, pas pu ôter les yeux de son corps de naïade...

Puis nous avons effectué en fin d'après-midi un test d'intelligence pour mesurer :

a) la stabilité émotionnelle

b) l'intelligence sociale

c) la conscience professionnelle.

Joseph, Elsa et Abderhamane ont cartonné sur l'IS, Sephora et Julien sur la CP, mais c'était facile de mimer le sens du devoir dont notre grosse Sephora a curieusement manqué le matin même en déléguant à tour de bras, lors du test de l'inbasket... quant à la SE, Joseph Traoré et Ismaël Abderhamane n'ont pas, si j'en juge, un sentiment très affirmé de leur propre valeur, c'est étrange... Le premier dîner était, comme à l'habitude durant ces assessment centers, un peu coincé, genre manche à balai dans le cul, avec un embryon de tension entre les différents candidats, ce qui est bon signe !... dans deux jours, ils se battent au couteau pour le poste à 69 000 euros annuels sans les primes de rendement qui ajoutent bon an mal an 40 % au salaire...

Le lendemain, le soleil était encore de la partie, prends mon petit-déjeuner avec trois des candidats : Elsa Kaufmann, la voix chaude, caressante, une conversation passionnante sur les bioénergies, j'en ai un début de trique, Sephora, les aisselles aigres malgré son Chanel n° 5, qui nous raconte son rêve sans intérêt à propos de chenilles jaune et verte qui envahissaient son corps, le couvrant de bubons... no comment !... et Julien qui ne parle que des cours du marché et de l'irrésistible ascension de Carrefour, ce dont je me fous, c'est très prématuré pour nous de chercher une capitalisation en Bourse... c'était une journée consacrée aux exercices de groupe... le matin, nos cinq postulants devaient, d'une part, débattre sur un sujet imposé d'ordre général, ce fut assez bateau : les limitations de vitesse sur autoroute sont-elles justifiées ? et, d'autre part, proposer eux-mêmes un sujet, disons plus technique et professionnel... ce fut : l'établissement d'une stratégie de grande distribution pour un nouveau produit alimentaire destiné aux enfants. Le sentiment de compétition devient palpable, et le travail de groupe trouvait là toute sa légitimité... on a de suite repéré s'ils respectaient les principes fondamentaux d'une discussion constructive tout en essayant de s'imposer comme leaders.

Celle qui apporte la première contribution et brise ainsi la glace fut, à notre grande surprise, Sephora ! pour le premier sujet... et, de façon plus attendue, Elsa, pour le second. Joseph a souvent de bons arguments, forts, mais trop tranchés qui écrasent les autres... le jeune Julien ne sait pas placer sa voix et ne parvient à s'imposer à aucun moment... Abderhamane a l'art d'intégrer activement tous les locuteurs dans la conversation, et Elsa sait merveilleusement adopter un rôle de présentatrice, structurant la discussion et synthétisant les conclusions ou les résultats... On commence à se forger une opinion sur les candidats et, trop fatigué, me retire faire une sieste durant la pause de 14 h, laissant assesseurs, DRH et dircom en observateurs de laboratoire pour un nouveau feuilleton : « Des souris et des hommes ». Au sortir de ma chambre vers 16 h, j'apprends de Philippe et Jacques qu'il y a eu des échanges acerbes entre Sephora et Elsa à propos d'une crème hydratante que l'une tapait abusivement à l'autre, et que Joseph s'était fait copieusement vanner par Julien à cause de son goût affirmé pour la chanson française... me frotte les mains, c'est bon tout ça, je lance, en piste !

Dans l'esprit : « Êtes-vous un joueur d'équipe engagé ou simplement un mouton ? », on leur distribue des fiches cartonnées, des cutters, de la colle et des ciseaux, et on leur demande de construire un pont de 80 cm de long, suffisamment solide pour supporter en son milieu deux verres d'eau : qui conçoit ? qui organise ? qui planifie ? qui exécute ?... le jeune Julien Lafarge excelle dans la conception, genre passionné de modèles réduits, Joseph exécute minutieusement les tâches requises : découpes, montage, bien secondé par Abderhamane... les deux filles sont out malgré leur bonne volonté, elles déplacent l'air autour, façon ventilation de chantier, Sephora sur un mode hystérique agitée, Elsa sur un mode dépitée désœuvrée... on applaudit tous à la réalisation de l'ouvrage, et on passe au jeu de rôle où un nouveau produit doit être fabriqué sur l'un des cinq sites de l'entreprise, le cassoulet façon terroir... lequel des chefs d'usine va imposer son site ?... bigrement instructif cette confrontation pour emporter le morceau, parce qu'il faut penser à se faire le plus vite possible une idée des intérêts des autres participants, savoir fonder des alliances, essayer de trouver d'éventuels compromis, mettre par écrit ce sur quoi on est contractuellement d'accord, utiliser des moyens de visualisation comme un flipchart, par exemple... Elsa et Abderhamane ont tout de suite cherché l'alliance et le renvoi d'ascenseur, Joseph a essayé d'embarquer Sephora qui ne se voyait pas sur un bateau, au milieu de l'océan, seule avec un négro, et Julien, voulant jouer au renard solitaire, devint le corbeau recuit... décidément, les favoris pour le poste se confirmaient d'heure en heure... Le dîner fut plus décontracté que la veille, on commence à se connaître, les candidats sont dispatchés entre les directeurs et les assesseurs, j'ai

Elsa à ma gauche, Abderhamane à ma droite, tous deux ont une conversation agréable, on parle nouvelles technologies, OGM, législation européenne… j'avais demandé aux cuisines qu'il y ait ce deuxième soir un repas exclusivement à base de porc, ce qui me permet de noter l'esquive d'Abderhamane qui refuse de toucher aux salaisons d'entrée : saucisson sec, rillettes, jambon de Parme, et qui cale sur la palette rôtie miel et vinaigre ! il apprécie les girolles, abandonnant discrètement le halouf au bord de l'assiette, sans commentaire… message reçu cinq sur cinq, mon but étant d'en savoir plus sur les habitudes alimentaires de chacun, Joseph et Sephora engloutissent comme d'habitude les nourritures qui leur sont proposées… vous n'avez pas d'appétit, Ismaël, ce soir ?… non, c'est vrai, la fatigue, sans doute… et puis j'ai trop mangé ce midi, il faut garder la ligne !… le surprends à engouffrer fromage et tarte aux pommes chaudes, le con !… le vin coule à flots, des blagues fusent sur Dieu, les Belges, les Suisses, jamais salaces ni vulgaires, c'était parfait… sont partis gigoter sur la piste de danse dans la cave voûtée de l'hôtel tandis que je m'installe au bord de la piscine, fumant un bon cigare avec l'assesseur le plus âgé, Marc Bayol, un petit rondouillard à lunettes, calme, la voix posée, fin psychologue, avec lequel j'échange mes impressions déjà mûries sur les candidats... on est d'accord sur le fait que Julien Lafarge n'a pas assez d'expérience de meneur d'hommes, sa bouille mafflue d'ado attardé... bref ! il est trop jeune pour ce poste... il considère en revanche Sephora très au fait sur les questions techniques, étrangement peu investie, comme dépressive... c'est possible, en effet... il se méfie d'Elsa Kaufmann, la juge trop habile, quasi dangereuse... Traoré et Abderhamane l'ont convaincu... suis tenté de lui demander s'il n'est pas tiers-mondiste par hasard, et choisis de téter mon cigare sous la voûte étoilée, la nuit portera conseil...

Ce matin, suis malchanceux : petit-déjeuner avec la Sephora aux aisselles aigres et Joseph, le bon Malien... Elsa est à une autre table, dans une robe d'été noire à larges rayures blanches qui lui va à ravir, elle discute avec les trois assesseurs, son charme m'envahit de jour en jour, suis peu loquace avec mes voisins de table, mon imagination vagabonde autour des formes d'Elsa, sens la trique, sévère, qui s'installe derechef... aujourd'hui, journée décisive quant à la pression portée sur les postulants !... il y a la fatigue des deux précédents jours... en outre, les exercices sont très éprouvants... il y a les exposés individuels, les entretiens conflictuels et, en feu d'artifice de fin d'après-midi, l'entretien stress auquel ils ne s'attendent pas, c'est une surprise !...

Les exposés concernaient chaque fois l'agroalimentaire, la législation, les chartes de l'hygiène, les contrôles sanitaires, la nouvelle diététique, les fournisseurs en milieu agricole... nous étions aussi attentifs au fond qu'à la forme, va sans dire !... sont tous très compétents, même Julien Lafarge a su, comme on dit, trouver une « dramaturgie passionnante » pour organiser son exposé, j'étais juste agacé par son tic, sans cesse à réajuster son nœud papillon, pourquoi pas ses couilles tant qu'il y est, bien que l'organe soit plus éloigné de la voix... Ismaël a même suscité l'envie d'intervenir par des questions lors de son exposé, et Joseph a une élocution impressionnante : beaucoup de clarté dans sa syntaxe, une bonne scansion des mots et une intense concentration qui hypnotise l'attention, bravo ! Abstraction faite de son côté baleine échouée sur la grève, Sephora a une diction un peu pâteuse et un ton trop linéaire... dépressive, si j'en crois Marc Bayol...

En revanche, de graves fêlures ont surgi dans les cinq personnages pendant l'entretien conflictuel... on a travaillé sur deux scénarios : l'employé à la dérive puis le client excédé, tous deux joués par les assesseurs... trente minutes d'épreuve nerveuse.

Joseph Traoré et Ismaël Abderhamane ont confirmé leur complexe d'infériorité... Joseph devient cassant, genre Amin Dada et ses crocodiles, Ismaël louvoie, hésitant, trop gentil... Julien est incapable de se mettre à la place de son interlocuteur, in-ca-pa-ble ! il n'écoute pas l'autre, Sephora use et abuse de son autorité, une Margaret Thatcher, son nez se busque comme si l'interlocuteur sentait subito le purin... seule Elsa s'en sort avec calme, un côté infirmière-mante religieuse où l'on peut déceler une condescendance blessante si l'on est parano... son charme permet simplement d'avaler la couleuvre et de fermer les yeux sur le soupçon d'offense... du simple critère de l'efficacité, Elsa triomphe, mais bon...

On a déjeuné sans les candidats, dans une salle privée, afin d'établir un premier bilan... un consensus se dégage très vite sur l'éviction de Julien Lafarge qui doit grandir un peu, décidément... Sephora Aménidès, en chalala boulimique, présente trop mal ! ai-je rappelé un peu sèchement devant certaines hésitations de mes directeurs... on est dans l'agroalimentaire, merde !... ce qui m'a soufflé, c'est la bonne impression générale que dégage Joseph Traoré : c'est vrai qu'il fait preuve d'un grand sérieux, il fait très responsable, il a un sens aigu du devoir...

mais, vous rêvez, mes lascars ! si vous pensez que je vais prendre un cannibale à dentition y a bon Banania dans l'entreprise, à ce niveau de responsabilité ! avez-vous entendu comment son accent francophone exotique refait surface, là-mon-ami-po-si-ti-vement ! quand il s'est énervé durant l'entretien conflictuel ?... décidément, n'ai pas envie d'un nègre qui danse nu sous la pluie quand la récolte est bonne, moi, et puis, on ne vend pas du café et des arachides, nom de Dieu ! vous le voyez négocier avec les coopératives agricoles ? c'est une antinomie culturelle, le cassoulet, la choucroute et les régimes de bananes ! c'est niet !... on me regarde bizarrement, alors je précise : ce n'est pas du racisme, c'est du bon sens à propos d'une contradiction de nature !... restent donc Ismaël et Elsa comme favoris... les assesseurs la trouvent trop machiavélique... Brigitte Charlay est la plus véhémente, elle parle en tant que femme : Elsa est sinueuse, rouée, elle manque de sincérité, c'est le paradoxe du comédien, elle conclut tout à trac... Quoi ? vous dites ? le paradoxe de... ? C'est... c'est un texte de Diderot, elle m'explique : distance maximale de l'acteur, rendu maximal de son jeu... tout est construit, calculé, mesuré dans ses effets, un reptile à sang froid, sans le moindre engagement affectif, elle ne sera pas fidèle à l'esprit maison, juste le temps de se faire un fichier de relations et elle déménage, se met à son compte, devient une concurrente, que sais-je ?... je soupçonne la Brigitte Charlay, une belle quarantaine, maîtresse femme, élégante, d'entrer dans la ménopause, elle est jalouse d'Elsa... Marc Bayol me fait par ailleurs remarquer qu'à son âge, 31 ans, sans enfants, on va bientôt être confrontés à un problème de congé maternité, fatalement... et si la Kaufmann en pond deux ou trois, on va juste financer le montage d'une famille, ce qui, vous en conviendrez, est peu rentable pour un poste aussi important... Et Ismaël Abderhamane ?... sont tous d'accord, il est le vecteur du lien, celui qui a le sens du contact, quasi instinctif... il est attentif à l'autre, responsable, compétent, brillant ! c'est l'homme de la concorde, celui qui sait responsabiliser chacun et donner l'impulsion à tous... et c'est un beau mec, lance Brigitte, ce qui ne gâche rien !... me tourne vers Bayol... Il faut considérer l'ensemble du personnage : c'est un homme mûr, père de trois enfants, une situation familiale stable, et un désir fou d'intégration, sans doute hérité de ses parents... c'est une fidélité à toute épreuve qui vous attend ! pour moi, c'est lui, votre chef de produit !... j'acquiesce de l'air songeur du souverain qui considère les arguments de ses vassaux, et qui phosphore gravement au cœur de la cérébralité... reste l'entretien stress, je conclus, laissons les choses ouvertes jusqu'à ce soir...

Au sortir de table, rejoins nos cinq candidats attablés non loin de la piscine, et tente de les jauger autrement en proposant à la cantonade une petite partie de golf 8 trous... Sephora prétexte qu'elle n'a pas pris sa tenue et... tant mieux, serait capable de défoncer le green et de blesser quelqu'un avec ses clubs... Julien invoque plusieurs rendez-vous téléphoniques, Abderhamane, des notes à relire avant l'ultime épreuve... Traoré transpire, gêné, le seul à oser m'avouer qu'il ne pratique pas et qu'il serait bien incapable de pousser la balle... Elsa se lève, accepte, et demande cinq minutes pour aller se changer... mon Dieu ! qu'elle est belle dans cette robe !... le golf relève d'une éducation, d'un standing, d'un cadre social, et en proposant cette partie, les dés sont aussitôt jetés... Elsa a parfaitement compris l'enjeu, elle qui a emporté sa tenue et ses clubs, sachant dans quel hôtel nous descendions pour le séminaire de recrutement... l'attends dans le hall, elle descend prestement l'escalier en chaussures de golf bicolores, dans un complet de coton blanc, très masculin, juste la tache verte d'une pochette de soie, ses clubs dans son sac de cuir souple... s'est coiffée en chignon, sourit, nous voici déambulant dans le parc puis sur le gazon... sa présence impose de la tenue tant l'élégance et la discrétion campent le personnage... elle parle peu, répond de façon elliptique à mes questions sur son enfance, ses parents, la ville où elle a grandi... elle est concentrée, puriste, habile, ne peux lui reprocher d'être dans le jeu, au point qu'elle va gagner si je ne cesse de la regarder au lieu d'évaluer le terrain et de penser ma tactique... suis très mauvais joueur, ne lâche jamais l'affaire tant qu'il reste la moindre chance d'inverser le score, ne supporte pas de perdre... Elsa ! si vous me damez le pion, vous n'aurez jamais le poste ! elle sourit, fait son dernier trou en trois coups de maître, son geste est fluide, dépouillé, puissant, quand elle botte la balle, sa cambrure est magnifique, ses mollets de rêve ! voilà, elle a gagné la partie sans que j'en sois contrarié... cela fait longtemps qu'une femme ne m'a pas suffoqué de la sorte... Alors, monsieur Windel, c'est fichu pour moi, si je comprends bien ?... ma chère Elsa, c'est en effet plus que compromis, vous auriez dû rester au bord de la piscine à converser avec vos congénères... elle soupire... les destinées tiennent à bien peu de chose, n'est-ce pas ?... effectivement, un fil, et jamais celui qu'on croit...

16 h 05, good Lord ! dépêchons ! vous... vous restez dans cette tenue de victoire ?... non ! je comptais me changer, prendre une douche et... alors, si je puis me permettre, votre robe de ce matin vous allait à ravir... merci, j'y penserai, monsieur Windel... nom de nom de nom de Dieu, je l'emmène sur mon bateau en mer Rouge le mois prochain ! j'ai la queue en mât d'artimon...

À l'exception d'Elsa qui se change, nous voici tous réunis pour l'ultime ligne droite, mes amis, dernier entretien, à bout de souffle, soyez zen ! ni les larmes ni les coups ne sont permis !... sourires dans l'assemblée... c'est vrai, quoi ! détendre l'atmosphère qui s'électrise, briser la glace qui a tendance à se former derechef, à l'aube de la sentence... respirez à fond, et soyez bons, Rome vous contemple ! bilans et résultats juste avant le dîner...

C'est le type d'entretien que je trouve quasi jubilatoire, c'est l'intensité maximale, c'est l'art de la navigation dans une tempête force 8. On met le candidat sous pression par des allusions déplaisantes et des questions provocantes, on joue de la harpe avec ses nerfs... on est debout, on tourne autour de lui ou d'elle comme des vautours, et on balance soudain, tout à trac : vous savez, nous doutons fortement de vos capacités à satisfaire aux exigences du poste... la Sephora pâlit, vous... vous avez vu mon CV ? cela fait trois jours que nous sommes ensemble... oui, Sephora, justement !... comment ça ? je connais l'agroalimentaire, sans prétention ni forfanterie, c'est mon domaine !... huit ans que j'y travaille, les réseaux, les organigrammes, les us et coutumes de la profession, les coûts, les personnes, le terrain... au niveau européen ! vous voulez quoi ? que je me foute à poil et danse le waïkiki avec des plumes d'autruche dans le cul !... surtout pas, Sephora ! je lance... vous connaissez fort bien l'agroalimentaire, c'est vrai, mais fort mal son volet diététique !... elle n'est plus pâle, elle est verdâtre... je vous emmerde, espèce de salaud ! votre bouffe n'a rien à voir avec la diététique !... et vlan ! elle claque la porte, adieu Sephora ! et un couvert de moins pour le dîner de clôture... je vous avais prévenu, monsieur Windel, elle est dépressive... nous ne sommes pas une clinique psychiatrique, rétorque-je, au suivant !... tiens ! Julien ! entrez, mon cher, non, ne vous asseyez pas, c'est un entretien debout, on a le droit de marcher... en rond, avant de répondre... il sourit... vos connaissances en matière financière sont excellentes, mais votre goût pour la nourriture semble très abstrait... non, pas du tout ! j'ai beaucoup d'idées sur la création de nouveaux produits de qualité et... ça y est, il veut nous rejouer l'avenir, syndrome Jérôme Guichard... mon goût pour les nourritures ne se limite pas au cassoulet/pois cassés/choucroute... vous oubliez petits pois-carottes... oui, enfin, c'est pareil... on doute, Julien, de vos capacités à vous investir dans un poste comme celui-ci... pourquoi ? c'est mon jeune âge qui vous effraie ?... peut-être, ce serait votre second emploi et... Julien Lafarge ne s'est pas démonté, jusqu'au bout, il argumente sur le fait qu'il est la bonne personne... son acharnement nous étonne agréablement, même s'il ne sera pas le successeur de Guichard, il faut l'encourager, on lui dressera un bilan exhaustif de ses examens, afin qu'il évite certaines erreurs à l'avenir... qu'il revienne nous voir dans cinq ans !... monsieur Traoré, entrez donc ! costume croisé gris-bleu, impeccable, je le verrais bien diplomate à l'ONU... on a commencé par des compliments très argumentés, jusqu'à ce qu'il ne soit plus sur ses gardes, et là, sans qu'il ait la moindre intuition de l'attaque : ce poste n'est-il pas, cependant, trop haut placé pour vous ? il est arrêté net, en plein vol, tel un canard, le ventre lardé de plomb, alors qu'il s'élevait dans le ciel mauve au-dessus des marais... il blêmit, si j'ose cette expression fort déplacée sur sa face de cirage... long silence, affaissement des épaules, puis c'est la chute, il s'effondre au grand étonnement des assesseurs... comme un complexe d'infériorité qui s'avouerait tel... oui, vous avez raison, suis trop ambitieux... n'en ai pas les capacités, il faut être humble, disait mon père... soit j'obtenais ce poste plus important que celui que j'occupe aujourd'hui, soit... j'allais vers l'ordination... quoi ? pardon ?... oui, je veux entrer dans les ordres... ma place est sans doute auprès des pauvres gens, de mes frères... mon savoir juridique et financier sera peut-être utile... pourquoi vous ne visez pas plutôt le FMI ou la Banque des pays africains ? réplique Brigitte Charlay... vous me dites que ce poste-ci est trop haut placé, alors comment pourrais-je occuper une fonction à la Banque des pays africains ?... votre sérieux et vos motivations, monsieur Traoré ! surenchérit Marc Bayol... je vous remercie pour ces conseils, je lirai vos bilans avec attention... puis-je me retirer ?... si vous le souhaitez, monsieur Traoré... silence de mort, désagréable malaise après son départ... étrange qu'il ait craqué de la sorte, comme quoi ce n'était pas un poste pour lui, chers confrères, n'est-ce pas ?... Quand Elsa apparaît, suis d'abord dépité, agacé, envahi d'un ressentiment acerbe à son encontre... elle a, en effet, revêtu une autre robe... jaune, plissée, cintrée, avec un décolleté carré où l'on devine la naissance de sa gorge... elle me résiste, la petite salope... c'est vrai qu'elle est resplendissante... et ma colère fond comme neige au soleil de sa beauté, frétille bientôt comme un gardon... bien joué, Elsa, finalement !... allez ! tout le monde dehors ! go off ! get out ! ! j'ai la gaule ! la gaule ! lui saute dessus et la culbute sur un bureau... ou à même le sol... entends confusément l'entretien qui commence... les assesseurs ne veulent pas d'elle, mes directeurs sont neutres, le feu contre sa personne est nourri : ne devons-nous pas craindre, comme par le passé, que vous ne soyez pas à la hauteur de la charge ? questionne Brigitte Charlay... Elsa ne se démonte pas, elle expose calmement pourquoi elle a toujours été à la hauteur de ses responsabilités, y compris de celles qu'elle occupe actuellement... nous pensons, coupe Bayol, que vos capacités ne satisfont pas à l'exigence de ce poste... elle démontre que c'est contestable en établissant un autobilan des trois jours parfaitement lucide et juste, elle conclut en glissade qu'elle n'en serait pas – tout comme les autres postulants, d'ailleurs – à ce stade du séminaire d'embauche si on la pensait véritablement incompétente... vlan ! prends-toi ça dans les dents !... toujours souriante, aimable, un charme ravageur, elle force, sinon l'admiration, du moins le respect des assesseurs... merci, mademoiselle Kaufmann, à tout à l'heure... elle referme doucement la porte, grande stupéfaction dans l'assemblée... on se regarde, Bayol finit par lâcher, avec une moue ironique : c'est une tueuse, cette fille, une véritable tueuse... mon cher Marc, vous êtes, si j'ose, dans la présomption de culpabilité, cette Elsa Kaufmann s'est contentée de jouer le jeu en toute circonstance durant ces trois jours, elle a été sélectionnée par votre agence parmi les cinq meilleurs dossiers de candidature et à la suite de vos premiers entretiens téléphoniques, c'est pour moi la plus convaincante, je ne comprends pas vos réticences !... mon DRH et mon dircom hochent la tête, semblent enfin partager mon avis, ces pédés, jusque-là insensibles à la plastique et au magnétisme d'Elsa... Entrez, Ismaël, entrez ! non, on ne s'assoit pas, on chemine ensemble dans cette pièce, librement... en rond ou en carré ? il demande... humour vif, Abderhamane, l'art du lien social, comme disent mes confrères... l'assemblée a spontanément adopté une tactique semblable à celle exercée sur Joseph Traoré... on le met à son aise, on lui exprime à demi-mot l'extrême bienveillance qu'on éprouve à l'égard de sa personne, on lui pose des questions faciles, soft : c'est quoi, pour vous, un bon cadre supérieur ? jusqu'où irait votre dévouement pour l'entreprise ? quelles en sont les limites ? et votre vie privée, familiale ? comment concilier vos responsabilités sur les deux fronts ? etc., réponses parfaites ! exactement ce qu'on attend ! nickel, Ismaël ! recto/verso : nickel !... alors j'attaque : dites-moi, Ismaël, il y a malgré tout une question qui me chiffonne... comme vous le savez, mieux que quiconque sans doute, on fabrique, disons, on cuisine : du cassoulet, des lentilles, de la choucroute, des pois cassés... oui, et des petits pois-carottes ! il ajoute... c'est ça, marre-toi, mon pote, profite bien, ça ne va pas durer !... oui, en effet... or ! or... chaque fois la base, le socle, le fondement du plat cuisiné, c'est... de la palette... du jarret... des saucisses... de la poitrine... enfin, toute viande issue du... cochon... n'y a-t-il pas, pour vous, quelque réticence à vous occuper, à vous préoccuper de cette viande ?... pressens que je l'ai stoppé net dans son one man show, il est subito passé à la vitesse 36 images/seconde, gros ralenti... on fait groupe, un peu éparpillés, mais arrêtés sur sa personne, soudain, lourdement, on attend une réponse, on attend ! il le sait, il a pâli... non... non, il répond, hésitant... je ne comprends pas la question, il ajoute... je précise : c'est interdit dans votre religion, le halouf !... mais, monsieur Windel, je ne suis pas religieux... je suis laïc et républicain ! la religion est une affaire privée de toute façon, et... certes ! certes ! mais, pardonnez-moi d'insister, en ce cas présent, il faut s'occuper des fournisseurs, leur rendre visite, vérifier, évaluer la qualité des produits, leur rendu culinaire, goûter les mets au besoin, savoir apprécier une bonne palette, par exemple, et... aucun problème, monsieur Windel, suis un gourmet, mon palais, comme qui dirait, c'est... un scanner !... il nous arrache un sourire... pourtant j'ai cru deviner au cours des dîners partagés ensemble que vous laissiez systématiquement sur le bord de votre assiette toute viande de porc... je me trompe ?... le sens acculé, notre Ismaël, bouche sèche, langue qui colle... c'est un soir que je n'avais pas faim, sans doute, et... soyez honnête, monsieur Abderhamane, s'il vous plaît !... c'est vrai, j'ai été éduqué dans l'interdit du halouf ! mais, pour l'entreprise qui devient mienne, corps et âme... c'est le cas de le dire, oui, vous avez raison !... je... je peux m'occuper de viande de porc, la goûter au besoin, et... vous allez la goûter... avec dégoût, non ? comment pouvez-vous avoir un avis sûr ? émettre des exigences envers les fournisseurs, les cuisiniers ? comment allez-vous être crédible ?...

vous n'aurez jamais l'historique des saveurs à propos du... halouf ! quant à le vanter, je n'ose imaginer !... mais, c'est un travail, monsieur Windel, je peux m'y dévouer... oui, je sais, corps et âme... on s'est tous rapprochés, à l'écoute, on observe sa pomme d'Adam qui monte et descend tel un yoyo... les trois assesseurs l'encadrent comme s'ils souhaitaient le soutenir, le protéger, l'encourager, l'aider à franchir l'obstacle... alors, je m'approche du petit groupe, énonce la remarque lambda qui stresse illico son candidat : en conclusion, on doute fortement de vos capacités à satisfaire aux exigences du poste !... et je lâche simultanément, dans une exacte coordination horlogère, un pet silencieux, tiède, épais, un vent pestilentiel, quasi un gaz toxique qui lentement s'exhale parmi nous... ah ! flatulence-météorisme et flatuosités ! le gaz comme arme invisible, la plus destructrice... le message des viscères est parvenu jusqu'à nos sens olfactifs, les narines se pincent, l'air est délétère, c'est un pet de prisonnier invariablement nourri aux mauvais flageolets, ce qui me fait songer, en la circonstance, que c'est un segment de marché que nous n'avons pas encore exploré pour notre bas de gamme : les centrales d'achat pour les prisons !... pour les écoles et les maisons de retraite, c'est largement couvert, mais pas les prisons !... bref ! quel est le salaud qui a pété ? est en cet instant dans tous les nez et sur toutes les lèvres de notre docte assemblée, et comme on fixe Abderhamane avec insistance, guettant sa réaction à la désobligeante remarque lancée dix secondes plus tôt, il pense, à juste titre, que le soupçon d'odeur est sur lui tel un singe accroché dans son dos... évidemment ! l'émotion, l'angoisse, l'ont étreint, il en a largué une mémorable perlouze au moment idoine... la voilà, sa réponse, le corps qui parle quand la bouche se tait... il n'est plus seulement déstabilisé, Ismaël, il est olivâtre, devenu bicot parano parmi les nantis dominants, les blancs chrétiens qui bouffent du halouf et le tolèrent... son histoire le rattrape gravement, il bégaie à propos de sa bonne foi, pauvre Ismaël, sa foi... Exit Abderhamane.

11

Escalator

... et elle le gifle de toutes ses forces : réponds ! avoue ! réagis ! elle le gifle derechef... il se lève, avec le brassé bulgare en main gauche, lui jette à la figure, elle l'imite aussitôt, tous deux : visage-cheveux-plastron maculés de yogourt, alors elle ferme le poing, vlan ! lui écrase le nez, brise ses lunettes, un éclat de verre demeure planté dans le sourcil gauche, il la gifle en retour avec une rage de condamné, ils saignent, ça coule sur les lèvres, dégoutte du menton en lait grenadine, elle saisit la poêle chaude sur le fourneau, quelques rondelles de pommes de terre sarladaises refroidissent dans la graisse d'oie, l'ail et le persil, elle tient le manche à deux mains, c'est une massue, elle l'abat telle une hache sur sa boîte crânienne, un fracas terrible de bois fendu, celui du manche qui lui reste entre les doigts, la peau du crâne ouverte, le sang traçant des zébrures sur son front dégarni, il empoigne l'Opinel sur la table, elle se retourne promptement vers la cuisinière, s'empare cette fois de la lourde poêle trouée pour faire griller les marrons, le manche à présent du même métal, ils soufflent et s'essoufflent, naseaux dilatés, livides, des gladiateurs, elle, sa masse, lui, son glaive, elle recule vers le couloir puis l'escalier, il la suit, s'évaluent du regard, guettent l'instant ad hoc de la charge, la microseconde de faille où il faudra terrasser l'autre, elle gravit les marches à reculons, arrive aux deux tiers de la montée, maintenant ! il a décidé, c'est maintenant ! avant la courbe, le virage ! il bondit, Spartacus ! lame en avant, rate la marche, manque de s'affaler, presque à ses pieds chaussés de ballerines noires à pompons bleus, elle en profite pour balancer sa poêle à marrons, tel un club de golf, sa tête ensanglantée part à la renverse, cambrant son corps dans le vide de la cage d'escalier, le visage sinistré, quasi des ronds imprimés dans la chair du dessin des trous dans le fond de la poêle, il vacille en déséquilibre arrière, une seconde, deux, puis bascule, en vrille, de toute la hauteur de la pente, se plantant le couteau dans la poitrine, assommé, perdant son sang sur les premières marches, mon père, en héros foudroyé... elle en lâche la poêle dans un silence glacé, dévale vers lui, la peur au ventre, les jambes tremblantes, perd l'équilibre, s'affale sur son corps, le couteau s'enfonçant alors jusqu'à la garde, jusqu'à l'aorte, tranchée, net !... le sang sourd de ses lèvres, en hoquets convulsifs, en nappes poisseuses, inondant le carrelage du couloir, et elle qui le secoue comme s'il était endormi... pas même le temps de racheter des petites cuillères, il éructe dans un râle ultime... il a un vague sourire, deux minutes plus tard, ses dernières convulsions... elle est condamnée à vingt ans de prison dont douze fermes, elle n'a pas plaidé coupable, ce qui n'a fait qu'alourdir sa peine, ses yeux dardaient encore la haine vengeresse, elle a juste déclaré, superbe et insolente : je serai une veuve méritante !

Me suis retrouvé à l'orphelinat après avoir vécu trois belles années chez grand-mère Blanche, elle qui a toujours prétendu que ce n'était pas une poêle à marrons mais un gril à viande... non ! lui ai soutenu mordicus, jusqu'à son lit de mort, j'étais là !... oui, mais tu étais trop petit !... tu te trompes, mémé ! la mémoire est bonne à 6 ans trois quarts !... en fait, c'est ma faute, j'aurais dû débarrasser la table, ranger les outils, poêles-couteaux-fourchettes...

m'interposer, bondir entre eux, les bras ouverts, crier de toutes mes forces : stop ! la guerre est finie ! à l'instant où mon père avait le visage dans les mains… mais leurs corps, leurs voix, leurs regards dégageaient une telle force tellurique, j'étais pétrifié, c'étaient des géants, un combat de titans, deux fois et demie ma taille…

C'est vrai, ils ne se sont jamais entendus, leur façon à eux d'être ensemble, c'était la dispute, rien en cela que de très ordinaire… et puis il y a eu cette scène qui a duré plusieurs semaines comme les jeux olympiques de l'embrouille, à propos de cuillères à dessert, en argent, qu'il devait retraiter à l'usine où il disposait d'un matériel d'électrolyse, quelque chose comme ça, les petites cuillères devaient revenir rutilantes-neuves ! Onze au total, bref, il les a égarées dans son atelier, des cuillères qu'elle tenait de ses parents, ses père et mère qu'elle adorait, un amour quasi mystique, elle l'a harcelé chaque soir que Dieu fait, de retour de l'usine, jusqu'à ce qu'il avoue, grave erreur ! les avoir perdues… sans doute avaient-elles été volées par un pote d'atelier… il était acculé, ne pouvait plus s'esquiver : sans faute, ma chérie, je m'en occupe demain ! non, cette fois, il est dos au mur… alors ce fut la lame de fond, vindicative, à propos de sa désinvolture, son indifférence, son égoïsme, son incompétence, sa distraction chronique, sa naïveté niaise, sa cruauté aveugle : sarcasmes, injures, humiliations... il se tut de longs jours, accablé par son erreur de jugement : laisser traîner un tel trésor sur l'établi, un tel butin sous le regard d'hommes cupides, aux fins de mois difficiles, quelle bêtise ! jusqu'à ce qu'il relève la tête, se rebelle en crescendo contre tant d'acharnement, comme si la faute était fatale, comme si l'opprobre et le déshonneur allaient se transmettre de génération en génération, une espèce de vendetta entre les deux familles – elle est corse, d'où la référence ! – c'est lui à présent qui hurle plus fort qu'elle, il crie sa lassitude, son impuissance, propose le divorce, facile ! elle ricane, maintenant que tu as dilapidé mes biens !... ils montent et descendent sans cesse l'escalier conduisant de la cuisine-salle-à-manger-couloir-toilettes aux chambres-salle-d'eau de l'unique étage, les portes claquent, des courants d'air de rage, de haine, un étrange ballet où ils échangent les places : rez-de-chaussée/étage, étage/rez-de-chaussée, évitant de se croiser sur les marches où l'un pourrait y bousculer l'autre... enfin, harassés tous deux, à bout d'arguments, les cordes vocales rongées, ils cessent de se honnir, un silence de plomb, celui du couvre-feu, s'abat sur la maison, une semaine tout au plus, avant qu'aux repas ils se demandent à nouveau le sel, l'eau, un morceau de pain, évoquent la météo, la fatigue des journées, lui, s'interdisant de prononcer les mots « usine/atelier/établi »... mais le destin rôde tel un loup affamé, quand, au moment du yogourt bulgare, un soir de mai, elle lui demande de passer les petites cuillères, le tiroir est de son côté de table, il s'empresse d'obtempérer, trop ! emporté par son geste fébrile et maladroit, il les fait choir sur le carrelage de la cuisine... et elle reconnaît en se baissant pour les ramasser, l'une, la 12e ! qu'elle croyait perdue, de ces cuillères en argent de ses parents défunts aimés-regrettés, la seule ! l'unique cuillère du service encore en sa possession, les larmes lui venant aux yeux, tel le débordement, la surgescence d'une nappe phréatique de deuil inachevé... salaud ! espèce de salaud ! comment as-tu pu être à ce point distrait, inconséquent, irrespectueux envers la mémoire de ma famille ! si peu de chose qu'il me reste d'eux ! pauvres et misérables, une vie de concierges dans une loge minuscule, sa jeune sœur ayant tout pillé, profitant du décès qui la terrassa, elle ! oui, elle ! l'aînée ! de chagrin ! ah, oui ! tu me tues... il avait les coudes sur la table, et là, il met son visage dans ses mains, je l'entends qui murmure : mon Dieu, pas toute la vie ?

12

Visage ?

C'est vrai, on avait tous abusé de la fumette, des pétards comme des concombres et, dans la carlingue, on était cuits-recuits, déjà partis en voyage... mais, à terre, on était clean, à jeun, au moment du plan de vol et de la préparation des parachutes, on avait tout vérifié... il a fallu attendre un certain temps que le vent se calme avant de décoller, un reporter cameraman de la TV régionale était avec nous, il allait nous filmer en vol libre, s'agissait de faire de belles figures... une longue heure au sol à patienter, on a causé et fumé dans un hangar, assis sur des palettes, avec ce Laurent de FR3 qui tenait la grosse Betacam sur ses genoux, et avait déjà effectué plusieurs reportages sur le parachutisme sportif. Il n'y avait aucun militaire à la retraite, on était juste entre nous, heureux de s'oublier dans le ciel, à 3000 m, dessinant des agencements des plus variés de nos corps d'oiseaux, en suroxygénation, avec des effluves de shit et d'herbe irriguant le cerveau, on allait partir très loin dans l'espace intersidéral… certains dans la bande, les plus fous, se font parfois acheminer en hélico, ils planent, tranquilles, les skis aux pieds, au-dessus de hauts massifs montagneux, larguent le parachute à 2 m du sol, puis entament leur glisse de ouf sur des pentes à la déclivité improbable, continuant leur descente infernale dans une poudreuse vierge, immaculée… ce qu'on appelle se prendre une « neige totale » : neige dans le nez, neige aux pieds, c'est le blanc absolu !… on a donc fini par s'entasser dans la carlingue de notre avion, sur des bancs inconfortables, emportés dans un fou rire fréquent, on glissait de nos sièges, avec le parachute dans le dos, on tombait à genoux sur le plancher, pliés de ricanements, on n'était plus des modèles d'équilibre, sachant qu'une fois perchés dans l'azur on retrouverait nos gestes d'hommes-oiseaux… arrivés dans la zone de largage, on devait sauter tous les sept, et Laurent suivrait, quarante secondes plus tard – le temps pour le Cesna d'effectuer sa boucle sur zone –, afin de nous filmer du dessus, en plongée, avec les montagnes en toile de fond. Hop ! yaouli-yaoula ! la porte était ouverte, le vacarme habituel du vent et des hélices, on a sauté dans le ciel en chantant les sept nains partis au boulot, l'ultime palier du bruit des moteurs, enfin, 30 m plus bas, le silence pur, éternel, suspension-dilatation-étendue : si Dieu existe, c'est en cet instant, juste ! une suffocation jusqu'au tréfonds de l'âme et des chairs, un fragment d'éternité... on perçoit bientôt un bruit imperceptible de clapotis d'eau, celui des vêtements qui claquent dans l'air froissé de la descente, on se réveille, 150 m de chute, déjà, main dans la main, formant le grand cercle des origines, un large sourire sur nos faces ébahies... 200 m de chute, on commence à dérouler nos dessins célestes-géométriques... le principe physique est simple : face à la poussée centrifuge, rester en prise avec ses partenaires, saisissant tour à tour et réciproquement poignets et chevilles, le corps de chacun constituant les mailles d'un filet qui nous tient solidaires, et auquel on s'accroche pour se mouvoir ensemble, une métamorphose interne afin de tracer ligne/cercle/carré/triangle/étoile... l'achèvement de la figure étant chaque fois moins jubilatoire que sa dispersion en une autre... et ce sont nos corps ténus qui inventent pour tous un fragile ancrage, une terre immatérielle, un socle flottant dans l'atmosphère sans forme ni structure... arrête ici mon lyrisme mystico-parachute... malgré l'euphorie ambiante, saoule et ricanante, notre chorégraphie se déployait en des enchaînements précis, rigoureux, répétés maintes fois au sol, Laurent se tenait 100 m au-dessus de nous, filmant le ballet, tout allait pour le mieux dans ce coin de paradis, jusqu'au moment où l'altimètre au poignet nous a intimé l'ordre de nous séparer afin d'ouvrir les parachutes, il restait 1000 m à descendre, puis j'ai entendu André sur ma gauche qui hurlait : ouvre ! Laurent ! ouvre ! qu'est-ce que t'attends ? ouvre !... notre cameraman passa comme une pierre à quelques dizaines de mètres de nous, ses jambes mimaient une sorte de marche convulsive, il tentait désespérément de redresser la tête et les épaules, on comprend qu'il essaie de garder l'équilibre, en position debout, mais il s'enfuit vers le sol comme emporté dans un gouffre, l'œil rivé à sa caméra pointée vers la terre qui se précipite à sa rencontre... ouvre ! nom de Dieu ! ouvre !... il n'y a rien à ouvrir, André ! Laurent est sorti de l'avion sans parachute, juste son harnais de maintien pour la caméra, il a dû déposer son sac à un moment quelconque dans la carlingue pour j'ignore quelle raison... et tous que nous étions, recuits, à ricaner comme des bossus, on n'a rien remarqué, on a sauté comme on se jette, une bande d'enfants dans la piscine... Laurent poursuit sa chute sous nos yeux, on est épinglés au ciel tels des papillons dans une boîte, on le regarde s'éloigner, se perdre... il filme, comme s'il se réfugiait dans le viseur, dans l'image de la mort portée vers lui, qui a la couleur de l'herbe tendre et printanière piquée de fleurs, de crocus, au pied des alpages, peut-être pense-t-il que son corps tout entier projeté dans la visée cinématographique de la terre qui approche le préservera de l'écrasement, il filme pour ne pas tomber, à cru, pour ne pas chuter de par ses yeux hallucinés vers le sol qui bondit vers lui, il filme jusqu'à l'impact, une flaque de chair, d'os, et de sang, qui nous attend, maintenant, sous nos pieds, plus d'herbe ni de fleurs, un sol de sang où poser nos pieds, comme un retour si lent, asphyxiant, vers la mort accomplie. Son film n'est pas diffusé sur FR3 régions, non, il est visible le lendemain soir sur tous les JT de 20 h, en hommage au confrère tué au travail, filmant jusqu'à la fin de sa chute, un Molière mourant sur la scène...

Et là, je n'ai pas compris sa soudaine explosion de colère, sa véhémence, qui me choque et me stupéfie, je parle de la réaction de cet ami, quelques jours plus tard, à qui je raconte le funeste événement, qui me coupe soudain la parole, cassant, d'une virulence si brutale : n'importe quoi ! c'est n'importe quoi ! qu'est-ce qu'on en a à foutre d'un film de quarante secondes où l'on voit le sol herbeux monter vers soi ! ce n'est pas le sol qu'il fallait filmer, il suffit pour ça d'une caméra lâchée du ciel, c'était lui, son visage, son regard, ses yeux qui savent, dans le froissement de l'air, qu'il va mourir, l'œuvre cinématographique de sa vie, c'était le visage vivant de l'homme qui tombe et qui attend... en fabriquant une image futile et anecdotique, il a gâché sa mort, il l'a gâchée ! J'en suis accablé, groggy, je bégaie : mais, Michel, comment peux-tu être à ce point du côté de la vie ?... c'est monstrueux ce que tu demandes et... il pose sur moi un regard tendre et triste : est-ce qu'on a le choix ?

14

Esquive

Il est venu geindre dans mon bureau... s'imagine qu'il vaut mieux s'adresser au DRH qu'à ses saints !... c'est une tolérance liée à son accident de chantier, oui, finalement j'ai accepté de le recevoir, une tolérance, j'insiste !... vont pas transformer mon 70 m^2 d'angle sur le quai de Seine en cabinet de consolation, mouchoirs et remontants fournis gratos ! il y aurait vite la queue en zigzag devant ma porte, avec cinquante pékinois déjà entassés dans mon espace vital, Bonaparte visitant les lépreux durant la guerre d'Égypte... quand je dis « geindre », c'est une image ! il s'agissait d'établir un premier bilan de santé six semaines après ses opérations... mais évidemment, il n'apporte aucun papier, ce pauvre de Souza ! pas de bilan post-opératoire, pas de prescription kinési, pas de certificat médical, pas de double d'arrêt de travail, rien ! les papiers, c'est pas son truc, ça l'affole, il ne sait probablement ni lire ni écrire, du moins en français... quoique, en portugais, ne suis pas sûr non plus, il réclame d'ailleurs à cor et à cri un stage d'alphabétisation depuis maintenant trois ans... malheureusement pour lui, c'est un excellent maçon, genre indispensable, on n'a jamais trouvé le temps de lui dégager des heures d'étude...

Quand ma secrétaire lui a ouvert la porte, je l'ai vu apparaître, se traînant sur ses deux béquilles, une limace à balancier avec un torse de lutteur de foire... mon cher Manuel ! suis bien content de vous voir ! en chemin vers un complet rétablissement ? ! on a besoin de vous, savez ça ?... Oh, monsieur Duchesne ! j'ai le droit de marcher sans mes béquilles à partir de la semaine prochaine, il a dit, le chirurgien !... Ben, vous voyez !... etc. Bref, deux minutes de paroles aimables et pleines d'attention, les enfants, la famille, tout le monde va bien ? bla bla bla/bla bla bla... et on est passé aux choses sérieuses... vous arrivez sans un papier ! monsieur de Souza, les mains dans les poches ! c'est pas bien, ça !... Excusez-moi, monsieur Duchesne, excusez-moi, j'ai pas pensé ! tellement heureux de me déplacer, là, de venir vous rendre visite au siège, n'ai plus du tout pensé à ces papiers du médecin et de la Sécurité sociale... pas pensé, pas pensé ! monsieur-pense-à-rien, oui, avec ses « u » prononcés « ou » : esscouzié-moi, monsieur Douchesne, n'ai plou dou tou pensé à la Sécourité zossiale... ça m'énerve, cette prononciation ! en quinze ans de carrière, ne m'y suis jamais habitué, pourtant les Portugais/Espagnols, j'en ai croisé sur les chantiers de BTP ! enfin, ne nous plaignons pas, ils bossent bien ! depuis six ans, avec la prolifération cancéreuse des Africains sur les chantiers, c'est une autre paire de manches, plus compliquée, même s'ils prononcent bien les « u »... Il va vous falloir revenir avec votre dossier médical au complet, monsieur de Souza, vous voyez ça avec ma secrétaire ? elle remettra vos papiers à mon adjoint, c'est lui qui suit l'affaire... soignez-vous bien et bonjour chez vous... Conseil d'administration dans vingt minutes, revoir deux dossiers avant la réunion, ah ! j'oubliais... le coup de Trafalgar avec Alvarez, le chef de chantier de l'immeuble Canal + : absentéisme, injures aux architectes, détournement de la caisse noire, sur un chantier de cette taille, c'est un sacré pactole ! oui, la caisse noire alimentée par les fournisseurs, c'est l'usage ! ça permet de financer sur place les pots d'anniversaire, de mariage, de naissance, d'enterrement, de distribuer des primes au black, des défraiements sans facture, et de monter la grande fête de clôture du chantier, un rendez-vous clé entre ouvriers après avoir travaillé ensemble pendant six mois/un an, à monter une tour de vingt étages... pour chaque chantier, on redistribue toutes les équipes, un vrai casse-tête, mais l'important c'est de ne pas conserver les mêmes équipes ! ça crée des liens trop forts, des solidarités, c'est dégueulasse ! ils commencent à penser qu'il faut des syndicats, veulent mettre leur nez dans la gestion des plannings, le cahier des charges constructeur, les normes de sécurité, développent l'esprit de corps, c'est la merde ! on a compris, saisi, pigé ! cinq sur cinq !

1 chantier = 1 équipe, on remet tout à zéro, on recommence tout le casting, à chaque fois ! on n'est plus emmerdés par les grandes gueules... dispersées, atomisées, à l'autre bout du territoire, sur la construction d'une bretelle d'autoroute de l'A6... c'est réglé. Ici, quand un simple couple se forme, même si chacun/chacune travaillent dans des services différents ! recta ! l'un des deux doit quitter le navire, c'est l'usage interne de la maison, c'est dire ! on craint la soudure, la transversalité... il faut de la verticalité ! cloisonner ! on doit cloisonner les

gens et les services ! on forme une grande et belle communauté, tous ensemble à conquérir des marchés, à prospérer, mais ! chacun est seul ! Un pour tous, oui ! Tous pour un, non ! c'est une règle d'hygiène, susurrait le père Bouygues, avant de céder sa place aux fils héritiers. Bref, il va falloir prendre une décision pour remplacer Alvarez, négocier son éviction en douceur, par chance, Manuel de Souza m'a pris moins de cinq minutes, aubaine !...

Trois semaines se passent, voilà que je tombe au sortir d'une réunion sur ledit Manuel, sa casquette à tourner entre les doigts, qui discute avec Sylvie, ma secrétaire... alors, monsieur de Souza, tout va bien ? plus de béquilles, je vois ! bientôt la reprise ! on a tous vos papiers ? Sylvie acquiesce, mais je la sens emmerdée... ah, monsieur Duchesne, c'est vrai, je marche sans rien, voyez ?... ça ne m'étonne pas de vous, Manuel, vous avez une volonté de fer !... Mais, il y a un grave problème, monsieur Duchesne... ah !... oui, le chirurgien m'a expliqué : vos deux talons sont réparés, vous pouvez marcher doucement, avec des tennis, mais plus de chantiers : porter des choses lourdes, pousser des brouettes de béton, grimper des échelles, suis déclaré inapte... mais votre état n'est pas consolidé ! c'est du provisoire, ça, monsieur de Souza !... désolé, monsieur Duchesne, suis très contrarié, vous savez, mais c'est définitif, on peut pas raccommoder plus... sens son visage et son corps qui s'affaissent, la peine, la trouille, le ravinent de l'intérieur... il ne sait rien faire d'autre, et nous, me demande bien ce qu'on va en faire du Manuel, on ne peut pas le garder... ah ! c'est la chiotte ! quelle idée aussi de se casser la gueule d'une échelle, il a glissé, le con, toute la hauteur, 6 m, les talons brisés, en compote dans les chaussures de sécurité... on venait de le promouvoir contremaître, il était content, on ne pouvait plus différer son stage d'alphabétisation... une vraie obsession chez lui... d'ailleurs, je ne comprends pas ! avec ses mains bouffées par le ciment, ses doigts gonflés-raides en saucisses de Strasbourg, il serait incapable de tenir un stylo ! les gens ont des lubies, des fois, c'est insensé !... enfin, un contremaître a un minimum de choses à écrire, cette fois on avait donné notre accord pour le stage en fin de chantier, en novembre... adieu veau, vache, cochon, couvée... plus de promotion, plus d'alphabétisation, un licenciement avec une prime de départ et une pension d'invalidité à 18 % !... ce n'est plus notre job ni nos deniers ! c'est malheureux à dire, mais c'est à lui de se démerder avec les assurances et la caisse maladie... ah ! monsieur de Souza, c'est très embêtant, tout ça !... oui, monsieur Duchesne, c'est ce que j'expliquais à Mme Denizeau ! je... je pourrais suivre la formation dès maintenant... ?... oui, le stage, et puis on verrait ensuite pour mon reclassement, j'aurais plus d'instruction ! de possibilités !... ?... oui, plousse d'instrouction, c'est soûr !... parce que je ne veux pas quitter l'entreprise, c'est ma maison, ici, dix-huit ans que j'y travaille !... je... je ne peux pas vous répondre comme ça, au débotté, monsieur de Souza, il faut qu'on y réfléchisse, ne vous inquiétez pas, on va trouver une solution ! on vous avise de notre décision, disons, début du mois prochain, d'accord ? de toute façon, il n'y a pas de temps perdu, vous êtes en arrêt jusque-là... je vous laisse, une brouette de travail qui m'attend... C'est bien dommage, mais on n'a rien à lui proposer, il est foutu, de Souza... vais d'ailleurs engueuler Sylvie, elle ne peut pas tirer comme ça une tronche d'enterrement confite devant un employé quand elle suppose, à juste titre, que c'est rideau pour lui, elle va l'inquiéter, nourrir en lui le soupçon, il va fourbir ses armes ! et en bout de piste, ce sont les prud'hommes ! non ! non ! il faut sourire, l'endormir dans l'espoir d'un arrangement interne, d'une solution heureuse, et le larguer avec regret, respect et désolation, lui faisant valoir combien nous sommes généreux de lui offrir une telle prime de licenciement... c'est chiant ! c'est le b.a.-ba de la gestion du personnel, elle devrait savoir depuis le temps ! elle va gicler au service du courrier et de l'accueil/standard, elle, si ça continue ! lui ai déjà fait la remarque ! cent fois ! ce côté mère Teresa, putain ! qu'elle se casse dans l'humanitaire, en Éthiopie, au Darfour, au diable !... ça y est, suis de mauvaise humeur, elle me gâche la matinée !

Quinze jours plus tard, le dossier de Souza est bouclé, son cas est plié, on a essayé de trouver un placard pour lui, sont tous occupés... la lettre de licenciement est rédigée-signée, le montant de la prime fixé, avec le feu vert de notre cabinet d'avocats du travail... Suis en déplacement sur le chantier de la nouvelle préfecture de Bobigny, livraison fin 2007, une inspection, avec Fosco, le chef de chantier, on est au pied de la façade nord, avec les quatre contremaîtres, les responsables d'équipe, tous casqués-bottés, il y a des tensions, du tiraillement dans le partage des compétences, une rixe a failli mal tourner, avant-hier, sur le 8e plateau de béton brut, il faut arbitrer ! Carlos Fosco est débordé, la discussion est serrée, âpre, je calme le jeu, fais des propositions qui agréent, semble-t-il, promets de revenir la semaine prochaine, on se serre la main... merde ! merde ! merde ! qu'est-ce qu'il fout ici, lui ? il me demande si c'est à lui que je parle... oui, Fosco, c'est vous le patron sur le chantier, jusqu'à nouvel ordre ! qu'est-ce qu'il fout ici, Manuel de Souza ? il est out !... il... il est venu respirer l'air du chantier, voir ses camarades... camarades ? camarades ? vous voulez dire ses collègues, Fosco ?... oui, ses collègues... ah ! je préfère... quand je pense que sa lettre de licenciement part demain en recommandé, ça m'emmerde de le rencontrer ici... Bonjour, monsieur Duchesne, alors ? vous êtes en inspection ?... bonjour, Manuel, comment allez-vous ? je vous trouve... fringant !... ?... je veux dire : vaillant, en pleine forme !... il porte son casque rouge de sécurité, sinon, un blouson beigeasse nylon sur une chemise bleue à carreaux, et des tennis fluo-mauve-vert à grosses semelles, air-comprimé-ressorts-talonnettes... on dirait un jeune homme, je lance... il sourit, avec une barre nuageuse, nonobstant, au milieu du front... on est venu visiter les collègues ?... et l'avancée du chantier, je présume ?... alors ? que dit votre œil expert, Manuel ?... ben, monsieur Duchesne, ça a l'air d'aller, c'est dans les règles, mais sans chaussures de sécurité, vous savez bien, suis interdit de circuler sur les plateaux... c'est juste une impression générale... vous... vous avez pris une décision pour moi ? le début du mois prochain, c'est demain, et... je ne sais quoi répondre, alors je fais du remplissage, j'invente, au hasard : oui, monsieur de Souza, on y travaille, on se réunit encore tout à l'heure pour en discuter sereinement et... vous pensez que je vais avoir ma formation de suite ?... je ne peux rien vous promettre ! ce n'est pas gagné... ah ?... Fosco s'est éloigné discrètement, il a compris, on est seuls, je mate un peu trop mes richelieus noirs couverts d'un voile de poussière – c'est impossible d'être nickel sur un chantier ! – et lui, la façade nord de la nouvelle préfecture, quelle poisse ! il faut que je le croise ici ! une espèce de sale silence épais s'insinue entre nous, on n'entend plus que le bruit des bétonnières et des grues, et brusquement... avec une force herculéenne, il me ceinture à la taille, m'emporte et me plaque au sol 5 m plus loin, quasi couché sur moi, comme atteint d'une fureur subite, une puissance terrifiante, il pète un câble, disjoncte, veut ma peau, gamberge-je, en deux secondes !... puis un fracas assourdissant mêlé d'un grondement sourd surgit de la terre qui tremble, on est couverts de giclées de béton liquide, on est noyés dans un nuage de poussière, une bombe, oui ! la déflagration d'une bombe, une trémie verrouillée, remplie d'une demi-tonne de béton qui s'est détachée du 10e plateau, pulvérisée, explosée, disséminée... le point d'impact se situe à l'endroit précis, idoine, ad hoc où l'on était à discuter, il y a quasi une amorce de cratère, Manuel de Souza ne m'aurait pas emporté tel un rugbyman, on était galette de viande dans une flaque de béton... ça va ? ça va !... on entend des cris, des interjections, ça cavale vers nous de tous côtés... vous... vous m'avez sauvé la vie, Manuel, merci ! je vous en remercie ! merde ! la mort sur les talons, à trois secondes près !... on se relève, maculés de poussière, les vêtements, le visage dégoulinant de béton liquide, Fosco arrive en courant avec un contremaître, trois ouvriers, et des dizaines de têtes casquées surgissent de tous les plateaux, les regards braqués vers nous... expliquez-moi, Manuel, sincèrement, pourquoi, bordel ! pourquoi cette obsession à suivre votre nom de Dieu de stage d'alphabétisation, là, je ne comprends pas !... mais, monsieur Duchesne, c'est pour mes deux garçons qui entrent à la grande école, c'est difficile ! voudrais les aider pour leurs devoirs, qu'ils écrivent bien ! qu'ils lisent bien ! maçon, franchement, c'est trop dur !... ah ! c'est pour ça ! d'accord, d'accord !... n'ai pas le temps de finir ma phrase, sont tous autour de nous, à s'inquiéter de savoir si on est entiers... ça se voit, non ?

je lance, cinglant... sont livides, et nous des clowns en pâte grise égarés sur un chantier... putain, Fosco ! ça arrive une fois tous les cinq ans un truc comme ça ! je veux un rapport du responsable de la sécurité sur mon bureau dans deux heures ! un rapport vachement circonstancié sur les causes du pataquès ! et à mon humble avis, c'est cuit pour lui, ce soir, il dégage !... bon ! assez perdu de temps ! je demande une salopette de chantier, vais passer chez moi me laver, mettre un autre costume et repartir pour le siège, quai de Seine... merde ! quelle journée ! Fosco m'entraîne vers le préfabriqué où l'on stocke outils, vêtements, casques, chaussures... ah ! deux secondes ! serre encore la main de Manuel avec effusion : au revoir, monsieur de Souza, et encore merci, j'insiste, sincèrement !... oui, euh, je... c'est pas gagné... comme je vous le disais, ne peux rien vous promettre, mais on en discute tout à l'heure à la réunion ! vous informe dès que j'ai du neuf... bonne soirée !... je m'arrache, suis en 10 000 volts, les nerfs à vif, fais quelques pas, Fosco croit bon d'ajouter : de Souza, tout de même, heureusement qu'il était là, vous a sauvé la vie, non ? ni plus ni moins !... mouais, je maugrée, c'est dommage... dites-moi, Fosco, c'est qui, nom de nom ! c'est qui le responsable de la sécurité sur le chantier ? son nom ?

15

Airbag

Acquitté ! acquitté ! me souviens du transport... de la joie, du soulagement... ma Jennifer, avec sa crinière d'or qui ruisselle sur ses épaules, sa veste léopard, ses diamants qui rutilent de six mille feux à ses lobes charmants, elle court dans mes bras, perchée sur ses talons aiguilles, oui, sa main droite, baguée d'une émeraude au majeur et d'un rubis à l'annulaire, commence à me malaxer l'instrument, je bande recta... chérie ! merde ! son bracelet en poil d'éléphant fermoir or 70 carats qui va griffer l'alpaga de mon pantalon, tirer un fil... arrête, nom de Dieu ! on est au tribunal ! les parents de la victime sont là, effondrés sur un banc, en larmes... mes avocats me félicitent, celui de l'assurance et celui rétribué par mon compte en banque... c'est vous que je félicite, messieurs, on arrose à la maison, champagne-petits-fours !... je salue vaguement les parents hagards, voudrais aller leur serrer la main : allez ! sans rancune... mais demeure paralysé à 5 m d'eux... hop ! on s'arrache du tribunal, je grimpe avec Jennifer dans son Austin Cooper S rouge, drapeau anglais peint sur le toit, n'ai pas récupéré mon permis de conduire, poisse ! cinq jours de délai de carence ! c'est elle qui conduit, à chaque passage de vitesse, sa main échoue invariablement sur mon... oh ! sorry, darling, me trompe de levier... putain de ta mère ! si j'étais au volant, elle ne serait pas à guetter la route, tout occupée déjà à m'ouvrir les chakras... bon, on se calme... tu as vu, ces vieux rascals ? qui chialaient comme des gorets ? ils espéraient quoi ? que tu prennes sept ans ? que tu plonges ? grâce à leur bouffon d'avocat sorti d'un cabinet du trou du cul des Charentes ?... en l'occurrence, heureusement qu'on ne circulait pas avec ta caisse, c'est peut-être une bombe, mais on prenait l'autre folle à 150 sur le capot elle traversait le pare-brise et nous tuait sur le coup, la conne !... pour ma part, c'est terminé, ne roule plus qu'en 4 × 4, la jeune cinglée, une certaine Sophia Levi, a juste déformé le pare-chocs et enfoncé la calandre, point barre ! c'est simple, les airbags ne sont pas sortis, c'est comme si j'avais emporté une branche d'arbre, à peine... même les piétons deviennent dangereux... à l'exception des pieds et des bras qui étaient encore intacts... ah, si ! la main gauche coincée entre le radiateur et le réservoir d'assistance de direction, le reste n'était plus identifiable... la tête s'est ouverte, une pastèque trop mûre sur le bitume, le buste et le bassin se sont comme... dispersés aux quatre vents, j'avais quelques taches de sang et un morceau d'organe, m'a-t-il semblé, sur le pare-brise, sinon plus rien... un peu distrait, j'aurais continué mon chemin, croyant avoir plombé un lièvre égaré sur l'autoroute... le représentant de chez Volkswagen m'avait prévenu : avec ce modèle, vous voyagez dans un bunker cinq étoiles à quatre roues motrices ! le bruit du choc reste en revanche très singulier... on heurte une pierre, une branche, le son est sec, cassant, dessiné ! avec un corps : chien, chat, humain, le son est sourd, grave, une vibration, comme dans du caoutchouc, c'est souple, indistinct, étouffé... pense aux lièvres justement, en Irlande, qui pullulent le soir sur les routes désertes, avec leurs yeux mauve fluorescent, ils se précipitent sur l'asphalte, aveuglés, hypnotisés par les phares... en dix minutes, à grande vitesse, on en dégomme six ou sept... et c'est ce même bruit caoutchouteux, mal détouré... l'élasticité de la chair, sa densité, probable... en parlant des yeux des rongeurs, je songe au regard de la miss Sophia, en plein jour, temps ensoleillé de fin de journée, une lumière d'automne, mordorée... 17 h 03 ! ce n'étaient pas des yeux mauve phosphorescent, non, de grands yeux verts qui me fixent, qui me cherchent, mais le pare-brise est fumé, quasi noir, elle n'a pu voir mon visage avant de mourir, quelle énergie dans ses yeux ! la mort est là, son regard le sait... Serge Chouraqui, mon associé, dans notre affaire d'import-export, qui sait toujours des trucs invraisemblables, me racontait qu'au XIXe siècle des scientifiques prétendaient que le visage de l'assassin persistait, telle une image photographique, dans la prunelle dilatée de la victime, il fallait ausculter l'iris, fouiller le cristallin afin d'identifier le meurtrier... holà ! prudence ! avis de première bourre !

1°) violer la femelle par-derrière

2°) l'égorger ensuite sans lui laisser jamais tourner la tête...

hein, Serge ? ou alors, l'oreiller sur sa face de petite salope avant d'allumer la lumière !... enfin, la Sophia Levi, si par hasard on a retrouvé les yeux, l'image ultime en persistance rétinienne, c'est l'avant gris métallisé rutilant de ma Volkswagen Touareg V12 diesel turbo qu'on y découvrira... comme disent les toreros, c'est plus noble de se faire encorner par un taureau de prestige... avec l'ABS et l'absence de traces de freinage sur le sol, cela devient très difficile d'évaluer la vitesse du véhicule à l'instant de l'impact... roulais à 220, à peu près... j'ai dû la percuter à 140, enfin, j'imagine, mais entre 120 et 150 km/h, les dégâts sur un corps sont tels qu'on évalue mal la vitesse du véhicule, dixit l'expert auprès des tribunaux... on ne peut donc prouver que je roulais trop vite... il y a une courbe assez serrée à cet endroit juste avant la plongée dans une grande descente, on anticipe mal, même avec un 4 × 4 surélevé ! un triste concours de circonstances... tu l'as dit, bouffi !... allez, roule, roule ! Non, Jennifer ! arrête ! on n'a pas le temps, bordel ! dans moins d'une borne, c'est le premier feu rouge ! elle est têtue ! a enclenché l'overdrive, déboutonné la braguette, sorti l'engin qu'elle astique d'une main experte, la reluque, son beau visage impassible, son regard scotché sur la route derrière ses lunettes noires, sa peau de pêche, arrête, sale petite pute ! dans quarante-huit secondes, on entre dans Rambouillet ! je remballe la marchandise, la Vel Satis des avocats suit derrière, dans cinq minutes on arrive à La Chardonneray... toasts, caviar, champagne à gogo ! Serge, quelques amis du business, les beaux-parents sont déjà là... et puis, Jennifer le sait, ma séance préférée, c'est quand je tiens le volant, à 200 km/h, sur l'autoroute, et qu'elle œuvre à pleine bouche dans mon entrejambe, j'enclenche vitesse stabilisée, et j'ouvre à fond les chakras, distingue des seins obus, des langues humides, des croupes tendues et cambrées, des chattes gonflées, mouillées, celles de Jennifer et des autres, ah ! quasi incrustés dans le paysage ! le pare-brise en 70 mm... allez, plus vite ! on fait donner les 360 chevaux ! toute la cavalerie ! l'euphorie de la vitesse ! l'ivresse de la puissance ! dans des odeurs de cuir, de foutre et de Jean-Paul Gaultier !

16

Rendez-vous

... je l'aime... follement... éperdument... suis baigné dans sa lumière... elle me nimbe dans son champ électromagnétique, c'est une caresse qui m'irradie, une chaleur douce et tendre comme son ventre et l'intérieur de ses cuisses... ma respiration en est déréglée jusqu'à la suffocation, quand nous sommes enlacés... or, l'autre soir, reçus chez des amis, nous étions dans ce long corridor, à nous étreindre, profitant d'être seuls quelques secondes... il y avait ce foutu miroir et j'ai eu le funeste malheur de lever la tête au lieu de la laisser nichée dans son cou et sa chevelure qui embaume... soudain, je nous ai découverts, oui, ce couple fusionnel, notre reflet... devenus une image vide... j'en ai été foudroyé, une stupeur aiguë, n'étais plus dans ses bras, j'étais absent à moi-même, à elle, à nous, brutalement... cette image m'est devenue un obstacle, une ligne frontière, ne parviens plus à la serrer contre moi, comme si s'était insinuée, par la magie glaçante du reflet, une distance infranchissable entre nous... Ainsi, moi qui étais à l'heure, souvent en avance, à nos rendez-vous, suis à présent en retard, ou plutôt suis à l'heure et me cache, oui, la regarde m'attendre avant de surgir à son côté... elle avait l'habitude de m'apercevoir avant même d'arriver, légère, des ailes aux talons de ses pieds charmants... la première fois qu'elle fut là, seule, dans l'avenue des Gobelins, à peine cinq minutes devant la paroi vitrée de l'Abribus, j'eus le loisir de découvrir une espèce de stupéfaction, presque une onde d'anxiété traverser son visage aux lignes dessinées, d'une ossature si nette... à mon deuxième retard, j'ai senti, peiné, qu'elle s'en agaçait, son innocence, disponible à l'amour, se troublait de l'ombre d'un doute... emporté dans une sorte de machinerie diabolique, j'ai imperceptiblement augmenté la durée de son attente, passant progressivement de cinq à quinze minutes au cours du mois de mai... j'ai vu l'ombre incruster cette fois les reliefs si doux de son visage, son sourire se faner, son élan se briser... sa démarche en est transformée, son pas se fait lourd, hésitant, sa silhouette s'est légèrement courbée, sa peau a perdu son éclat, elle devient en son corps libre, si porté vers le devenir, d'une énergie euphorisante, le théâtre bouleversant d'un bonheur à l'agonie, et moi, embusqué derrière un arbre, une voiture, attablé parfois dans le coin obscur d'une salle de bistrot, suis interdit de la rejoindre, m'en éprouve rongé d'un mal intérieur où mon être se défait en fragments de ruines... plusieurs fois, alors qu'elle s'en retournait chez elle ou au diable, après une trop longue attente, la contemplant ainsi de dos qui s'éloignait, je l'ai rattrapée, trottant, essoufflé, comme si je gravissais une montagne toujours plus haute... à la mi-juin, elle arpente le trottoir devant la vitrine d'une pharmacie, en face de la Salpêtrière, presque vingt-cinq minutes, elle regarde sa montre, me téléphone plusieurs fois de son portable, je comprends qu'elle est saisie d'une agitation singulière, une rage blanche, quand soudain, elle s'immobilise puis se met à courir, d'une foulée vive, l'intensité d'une fuite, disparaissant à droite dans le boulevard de Port-Royal... ma consommation est réglée, sors du café précipitamment, bouscule deux personnes, manque de renverser une table, me mets à courir à mon tour, envahi d'une panique douloureuse, 100 m de longues foulées, puis m'engouffre sur le boulevard, la distingue enfin, deux minutes plus loin, dans sa robe jaune qui flotte au vent... elle marche à nouveau, droite et paisible... la rattrape, lui prends le bras, mille excuses, ma chérie, je suis désolé... elle sursaute, affolée, me fouille de ses grands yeux verts... ça va pas, non ? qu'est-ce qui vous prend ? !... oh, pardon ! pardon, mademoiselle ! c'est une méprise, je... elle me fixe, je vois la peur dans son regard, elle hausse les épaules, puis continue sa promenade... l'observe de dos qui s'éloigne, sa cambrure si belle, avec le désir au ventre de la rattraper encore... mais, bon Dieu, elle ne s'est pas volatilisée ! je scrute de nouveau le boulevard avec l'attention d'un vautour... ah ! la voilà ! c'est elle ! oui, en jupe plissée rouge et blouson noir... traverse brusquement devant le capot d'une voiture qui freine dans un crissement de pneus, reprends ma course avant qu'elle ne s'évapore dans la bouche de métro, la rattrape enfin, lui prends le bras... suis vraiment désolé, ma chérie, mille excuses, je... elle fait un bond de côté, étouffe un cri en se retournant, suffoque : ça va pas, non ? m'avez foutu une trouille ! vous êtes barge !... oh ! pardon, pardon ! c'est... c'est une méprise... mais, alors, elle ne serait pas venue... elle ne viendra pas ?...

17

Le jour du Seigneur

... on est coincés dans les embouteillages, il pleut, fait mat, les lumières rouges et blanches bavent et ruissellent, je ne cesse d'essuyer la buée sur les vitres, on est coincés tous les trois dans cette caisse, c'est peu dire... mais pourquoi a-t-elle voulu le raccompagner ?... excusez-moi, elle lance de la banquette arrière, je n'y tiens plus, m'en grille une ! elle baisse la vitre, sort de sa poche son paquet de Gitanes, lui, devant, à ma droite, s'agite et râle... cinquante-six ans à supporter la fumée de ses clopes ! le tabac, ça rend stérile, tu savais pas ?... à 79 ans, c'est plus très grave, mon chéri... et puis, j'en ai fait deux, c'est déjà pas si mal... sont engoncés dans leurs parkas, une écharpe autour du cou, elle, un bonnet de laine, lui, sa casquette, comme s'il n'était pas possible de se dévêtir un peu dans la voiture, l'idée sans doute d'un passage trop transitoire... on dirait qu'ils ont été pris en stop, sur 500 m, qu'ils vont sortir, chausser les skis dans la neige et filer sur la piste... tu te rends compte ? 12 euros par jour de cigarettes ! 10 jours = 120 euros, 20 = 240 !... oui, j'ai compris : et 30 = 360, je sais compter, t'inquiète pas, ce sont mes sous... comment ça, tes sous ? nos sous ! la maison de Bretagne qu'on a vendue... oui, chéri, on a partagé en deux, maintenant ce sont mes sous... oui, mais qui l'a retapée, restaurée, des années durant ? suant sang et eau ! merde, c'est difficile à dire, ça : suant sang et eau !... et moi, je n'ai rien fait dans cette maison, peut-être ?... toi ? une mauvaise bouffe et la vaisselle, stop !... espèce de salopard amnésique ! et le ménage, et les peintures, intérieures et extérieures, les volets à décaper, le jardin, et j'en passe... Ce n'est plus une voiture, c'est un chaudron où mijotent les vieilles rancœurs, les amertumes, les ressentiments, ça crève en bulles à la surface d'un bouillon fétide : noces d'argent, noces d'or, noces de diamant... chabada bada... un silence de quelques secondes, le temps d'affûter les couteaux, de charger le magasin des pistolets et des fusils-mitrailleurs, une accalmie technique... le père harcèle la mère, un délire de persécution, actif celui-là, il l'accable de toutes les fautes aussitôt qu'un robinet fuit, qu'une ampoule est grillée, qu'une assiette est ébréchée, il réécrit leur histoire de France depuis les Gaulois, et à chaque défaite, chaque massacre, chaque trahison, chaque extermination, elle en est la « cause objective », la cause du temps qui passe en chaque chose, la cause de l'usure du temps en chaque geste... des feuilles jaunies qui tombent d'un arbre malade, des pucerons qui dévorent un rosier, un carreau de la cuisine qui se descelle, il la convoque en jugement, la déclare coupable, cela peut durer une heure, une matinée, de condamnation vindicative, il claque enfin la porte, part se promener, s'égare dans le quartier, un voisin le ramène par la main tel un enfant perdu, il a tout oublié, la prend dans ses bras, lui parle comme un jeune amoureux, veut l'embrasser, elle se consume à petit feu... alors ils ont vendu la maison de Bretagne, partagé le maigre butin, elle habite un deux-pièces, à dix minutes de chez moi, et lui, qui se perd souvent dans la ville, qui erre dans le futur et le passé sans trop savoir où est le présent, il vit cloîtré dans une maison de retraite modeste, à 2 600 euros par mois, la troisième en trois ans, tant son pouvoir d'érosion est immense sur le monde alentour et les règlements intérieurs... elle est tentée parfois de le reprendre avec elle dans son appartement, mais elle est devenue fragile comme un papillon au lendemain de son embolie pulmonaire, juste après leur déménagement... c'est pourquoi je les réunis chez elle ou chez moi tous les dimanches... je gare sur le parking du parc aux arbres poussiéreux, cerné par les barres HLM de la bonne ville d'Eaubonne, la maison de retraite s'appelle Résidence Montjoie, en lettres rose fuchsia sur fond bleu turquoise, je l'aperçois à la fenêtre de sa chambre du premier étage, il me guette dès 7 h du matin, deux heures et demie de prostration chaque dimanche que Dieu ne fait pas puisqu'Il se repose, il est inutile de lui répéter que j'arrive à 9 h 30/10 h... sors de la voiture, m'approche de l'entrée du bâtiment, on se fait signe, il est rasé, coiffé, chemise blanche, cravate framboise, blazer, dès le hall suis assailli d'odeurs de Crésyl, dakin et peaux rances, je grimpe l'escalier, croise des silhouettes racornies, grises, fripées, voûtées, qui parlent fort, seules, à deux, en groupes... pénètre dans sa chambre, il sourit, me prend dans ses bras, embaume l'eau de lavande, il est prêt jusqu'à la ceinture, en dessous, il est en pantoufles et pyjama à rayures qui sent la vieille urine, malgré mes réclamations de plus en plus vives auprès du personnel qui ne lui change pas ses vêtements ou qui les égare... je finis de l'habiller, et on s'en retourne sur Paname, il chante, sifflote, s'étonne de tout : les modèles de voiture, les bâtiments, les carrefours, les ponts, les hypermarchés, comme s'il sortait chaque fois de prison après trente ans de cachot... puis il devient suractif au jeu des chiffres et des lettres : des plaques d'immatriculation à trois lettres ? tu as vu ça ? LHO ? tiens ! et celui-là : MAG !... 74, c'est la Savoie ? ah ! je cale : 63... c'est quel département, ça ? Il en sort épuisé au bout de dix minutes... ponctuant la fin du trajet d'une remarque binaire qu'il aboie, démonstratif : stop, fils ! c'est rouge !... démarre, c'est vert !... voilà, nous sommes arrivés, il embrasse sa femme comme s'il rapportait des croissants pour le petit-déjeuner, comme s'ils vivaient ensemble, il s'installe, arpente le deux-pièces : il faudrait refaire le mastic de la fenêtre, changer le joint du robinet, racheter un égouttoir pour les nouilles... parfois, il fonce à la quincaillerie de la rue, se procure le matériel, relève les manches et se met au travail... enfin, ce soir, j'ignore pourquoi, elle a voulu le raccompagner, une mule, n'ai pas réussi à l'en dissuader... c'est bon, les armes sont prêtes ! on repart au combat... n'empêche ! 360 euros qui partent en fumée tous les mois... et tu as compté sur l'année ? et depuis cinquante-six ans, hein ? tu as compté ? tu imagines ? on vivrait dans un palace ! avec un parc et une piscine... c'est ça, oui ! tu pourrais inviter toutes tes maîtresses : secrétaire, employée de banque, marchande de légumes, boulangère, mère de famille à la sortie de l'école, postière, fliquette, et j'en passe... tu les culbuterais dans les buissons, ou franchement au bord de la piscine, tu les vois, là, toutes réunies ? espèce de queutard invétéré !... je soupçonne mon père d'avoir été atteint de priapisme, il sautait sur tous les culs de femme passant à portée de sa trique, il avait l'intuition des femelles en chaleur (sic), une belle gueule, du charme, un sourire enjôleur, les mots qu'il faut pour les faire rire... son épouse qu'il prenait comme un clebs furieux, quasi tous les jours, ne lui suffisait pas... berger dans les alpages, il aurait baisé son âne, son chien et ses chèvres... la pluie redouble, on a parcouru 300 m en dix minutes, toujours cette maudite buée sur les vitres, l'odeur du tabac brun qui pue, ce n'est plus une cigarette, c'est la troisième qu'elle grille, la vitre est grande ouverte... on a froid, merde ! il s'impatiente... puis se tourne vers moi : elle fait chier ta mère, elle me fait chier ! tu sais pourquoi elle m'a viré ? tu sais ? parce que je ne bande plus ! oui, ce n'est pas de la cruauté, ça ?... c'est certain, à 85 ans, la fatigue est là, je réponds, compréhensif... tu n'y es pas du tout, fils ! c'est depuis ma deuxième opération de la prostate, en mai 2004, là... en mai, fais ce qu'il te plaît !... tu parles ! je ne bande plus, la première opération n'avait pas eu cet effet, c'est comme s'ils m'avaient émasculé, ces ordures de chirurgiens, ces eunuques, ces jaloux impuissants !... voilà, je ne bande plus ! et ça, ta mère, elle n'a pas supporté, c'est une chaude, tu peux m'en croire !... donc, recta, elle m'a viré, tiens ! mais, ce n'est pas ma faute, non !... j'observe le visage de ma mère dans le rétroviseur, elle est blanche, une face de plâtre qui tète sa cigarette, qui cherche ses armes, son lance-roquettes, son Uzi, sa bombe à fragmentation... oh, j'en ai marre, suis dégoûté, je-n'en-peux-plus ! ! il éructe, la main sur la poignée de la portière qu'il ouvre soudain, défaisant de l'autre sa ceinture de sécurité, et le voilà sorti sous la pluie, au milieu du périphérique, zigzaguant entre les files de voitures arrêtées... mais il est fou, trésor ! il va se tuer ! rattrape-le ! rattrape-le !... j'enclenche les feux de détresse, sors comme un diable de sa boîte, un scooter freine en catastrophe, sa roue avant cogne dans ma jambe, son guidon dans la portière, il perd l'équilibre, tombe, se relève, m'insulte copieusement, me traite d'assassin, une seconde de plus, c'était l'accident, grave... me confonds en excuses, et pars à mon tour, me faufilant entre les pare-chocs... me suis dévêtu, moi, dans l'habitacle, suis en chemise, déjà trempé, atteins la voie d'arrêt d'urgence, il est 100 m devant à trottiner, faisant de grands gestes des bras, je sprinte dans mes vêtements mouillés qui collent et m'épuisent, les gaz d'échappement m'asphyxient, c'est comme une nappe invisible et poisseuse qui recouvre toute chose d'un film gras brûlant la gorge et les yeux, il hurle contre cette chienne de vie, contre Dieu qui ne l'entend pas ! toujours occupé ailleurs à... je l'attrape par le bras, arrête ! arrête ! il se débat, continue sa route, la parka me reste dans les mains, il se dégage, continue de marcher en pull-over... arrête ! je le saisis aux épaules, le bloque, arrête !... il se retourne, me fixe comme s'il ne m'avait jamais vu, puis s'effondre dans mes bras, frémissant de désespoir... pourquoi tu m'as abandonné, fils ? pourquoi ?... je suis là, je suis là, viens, viens ! enfile ton vêtement ! les klaxons hurlent derrière nous, la bagnole est plantée comme un rocher au milieu du ruisseau, je tiens sa grosse main calleuse dans la mienne, il suit, docile... les voitures avancent de nouveau, au pas, il est difficile de progresser, notre auto est une île, un radeau, au milieu d'un courant brûlant de lave mécanique, nous y sommes, je pose le père dans son siège, fais le tour, me glisse au volant, tremble de froid, mets le chauffage, on repart dans un silence de plomb, ma mère a jeté sa cigarette, remonté sa vitre, fermé les yeux, lui est hagard, fixant la route comme un désert à traverser... quarante minutes plus tard, on pénètre dans le parc de la Résidence Montjoie, on est arrivés... Qu'est-ce qu'on fait là, il murmure, pourquoi je suis ici ?... tu ne te souviens pas ?... non, pourquoi je suis ici ?... c'est pour ça que tu es ici, papa... parce que tu ne te souviens pas.

Pour l'éditeur, le principe est d'utiliser des papiers composés de fibres naturelles, renouvelables, recyclables et fabriquées à partir de bois issus de forêts qui adoptent un système d'aménagement durable.

En outre, l'éditeur attend de ses fournisseurs de papier qu'ils s'inscrivent dans une démarche de certification environnementale reconnue.

Cet ouvrage a été composé
par Nord Compo à Villeneuve-d'Ascq
et achevé d'imprimer en décembre 2007
sur presse Cameron
dans les ateliers de Bussière
à Saint-Amand-Montrond (Cher)
pour le compte des Éditions Stock
31, rue de Fleurus, 75006 Paris